Zum Titel

Christine Klinger und Brinja Goltz gaben schon wenige Tage nach ihrem Kennenlernen in Norwegen in der Küche eines Studentenwohnheims legendäre Kostproben ihrer Sangeslust. Weder ABBA noch Cat Stevens oder Lolita sind seitdem vor ihnen sicher. So nennen sie sich seit 1996 «die Zirpen».

Die Autorinnen

Christine Klinger wurde 1972 in Adliswil geboren. Sie wohnt in Ostermundigen bei Bern. Lieber als Weihnachten selbst mag sie die Adventszeit. Dann strickt sie leidenschaftlich gerne Christbaumkugeln, zündet Kerzen an, schaut ihre Lieblingsserien und kocht Eintöpfe.

Brinja Goltz kam 1971 in Berlin zur Welt und lebt heute in Buckenhof bei Erlangen bei Nürnberg. Sie teilt mit Christine ihre Vorliebe für die Adventszeit und wird schwach bei weißem Glühwein, gefüllten Lebkuchenherzen und alten Weihnachtsfilmen.

Christine Klinger
und Brinja Goltz

Zirpende Weihnacht

Ein literarischer Adventskalender

© 2016 Christine Klinger und Brinja Goltz
Umschlag, Illustration: Christine Klinger

Verlag: tredition GmbH, Hamburg

ISBN
Paperback   978-3-7345-5254-0
Hardcover   978-3-7345-5255-7
e-Book   978-3-7345-5256-4

Printed in Germany

Liebe Leserin, lieber Leser

Die Weihnachtszeit ist die Zeit des Konsums, der großen Gefühle, vor allem aber ist es die Zeit, in der man sich Geschichten erzählt. Auf den folgenden Seiten finden Sie gereimte und ungereimte Geschichten, solche, die zum Nachdenken anregen, Sie zum Schmunzeln bringen oder berühren. So, wie das Leben eben so spielt. Nehmen Sie sich jeden Tag 1-20 Minuten Zeit, wir verführen Sie gerne in unsere Weihnachtswelt.

Bevor Sie mit der Lektüre des ersten Textes beginnen, gibt es jedoch noch Einiges zu beachten. Zum Beispiel handelt es sich hier zwar um ein schönes Beispiel der Kooperation zwischen Deutschland und der Schweiz. Im Sinne einer rundum gelungenen Völkerverständigung muss aber zum einen erwähnt werden, dass man in der Schweiz für das ß keine Verwendung hat, in Deutschland dagegen sehr wohl. Und zum anderen gibt es Begriffe, die im Nachbarland wenig oder gar nicht bekannt sind. Sie werden darum jeweils mit einem * markiert und am Ende eines Textes genauer erläutert. Auch länderspezifische Formulierungsunterschiede werden zu finden sein. Am besten entdecken Sie diese gleich selbst. Es lebe die Vielfalt der deutschen Sprache!

Und noch etwas: Dies ist ein Adventskalender. Lesen Sie nur einen Text am Tag. Wer vorblättert, muss mit unangenehmen Folgen rechnen. Einmal Vorblättern ist noch nicht so schlimm, da spriessen einem nur ein paar Tannenzweige unter den Armen. Beim zweiten Mal wachsen auch welche aus den Ohren. Richtig unangenehm wird's beim dritten Mal, da wächst einem nämlich ein ganzer Tannenbaum auf dem Kopf. Jawohl, Sie haben richtig gelesen: Nicht ÜBER den Kopf, sondern AUF dem Kopf. Möchten Sie das? Wohl kaum. Also blättern Sie bitte nicht vor! Die Autorinnen dieses Adventskalenders lehnen jegliche Haftung für angewachsene Tannenzweige und -bäume ab.

Brinja Bolla   Christine Klinger

1

Politik in der Backstube

Es war mal eine Eins,
die wollte lieber keins
von diesen Brunsli* braun,
die über Nachbars Zaun
hinüberschauten süss
mit ihren braunen Füss'.
Die Eins wollt' ihre Ruh
und macht' die Türe zu.

Was soll das in der Weihnachtszeit?
Gewalt und Elend weit und breit!
Die Eins wollt' lieber all's vergessen,
in Ruh und Frieden Weissbrot essen.
Ein Gritibenz**, ganz selbst gemacht,
geformt hatt' sie ihn letzte Nacht;
im Ofen lag er auch schon lange
mit Fitze***, Schal und gold'ger Wange.
Doch weil die Brunsli sie gestört,
hat sie's vergessen. Unerhört!
Und als sie in die Küch' gerannt,
da war ihr Weissbrot schon verbrannt.

*Das Brunsli ist ein Schweizer Weihnachtskeks aus Gewürzen, gebranntem Kirschwasser, Eiweiss, Mandeln, Mehl und Schokolade. Es stammt ursprünglich aus der Region Basel. Sein Name rührt von der braunen Farbe, die es der dunklen Schokolade verdankt.

**Der Gritibenz ist ein Adventsgebäck aus süssem Hefeteig in der Form eines stilisierten Mannes. Die Gebäckfigur stellte ursprünglich einen Bischof mit einem tönernen Bischofsstab dar. Das Gebäck ist auch in anderen europäischen Ländern anzutreffen, etwa als Stutenkerl, Weck(en)mann, Klausenmann, Grättimaa, Dambedei oder Krampus.

***Die Fitze ist die Rute des St. Nikolaus.

2

Die 2 und Weihnachten

Heute ist der 2. Dezember, und die Zwei ist eine sehr wichtige Zahl in der Weihnachtszeit.

In **zwei** plus **zwei** Tagen kommt der Nikolaus und in **zweiundzwanzig** Tagen ist sogar Weihnachten!

Relativ unbekannt ist die Tatsache, dass die Heiligen Drei Könige erst mal nur **zwei** waren. Zwei Könige waren quasi Nachbarn, und als sie den Stern am Himmel sahen, rief der eine von seinem Fenster dem anderen König quer über die Straße zu (sie waren wirklich enge Nachbarn): «Lass uns dem Stern folgen. Hol du ein paar Goldmünzen aus dem Keller, ich nehme eine Handvoll vom Geschmeide meiner Frau. Irgendwas sagt mir, dass wir nicht ohne Geschenke losgehen sollten. Und auf dem Weg dahin nehmen wir noch den dritten König mit, der hat immer ein paar witzige Geschichten auf Lager, da wird uns die Zeit nicht lang!»

Ja, so kam es, dass die Heiligen Zwei Könige sich auf den Weg zur Krippe machten und erst unterwegs den dritten König aufgabelten.

Aber das wird in den Geschichten interessanterweise nie erwähnt…

Und ist eigentlich nur mir aufgefallen, wieviel **Zweien** sich in unseren Weihnachtsliedern tummeln?

In der Weihnachtsbäckerei gibt's von allem immer zwei. Zwischen Mehl und Milch macht so mancher Knilch zwei leck're Sorten Krümelei. In der Weihnachtsbäckerei, in der Weihnachtsbäckerei.

Oder: Lasst uns froh und munter sein und dann gleich zwei Stiefel hinstell'n. Lustig, lustig, tralalalala…

Nicht zu vergessen ein kleines Gedicht: Advent, Advent, ein Lichtlein brennt, erst eins, dann zwei, vergesst den Rest, genießt nur die Zeit bis zum großen Fest.

Eine ganz wichtige Zwei in der Weihnachtszeit ist dieses Pärchen: Weihnachtsmann und Christkind. Sie teilen sich die Arbeit am Heiligen Abend, das wäre ja sonst auch gar nicht zu schaffen. Man hat aber auch schon von Familien gehört, zu denen beide kommen. Ob es dann doppelt so viele Geschenke gibt am ZweimalZwölften, also dem 24.? Das will ich jetzt nicht glauben...

Ich wünsche jedenfalls noch wunderschöne 22 Tage Weihnachtszeit und viel Spaß beim Öffnen der verbliebenen 22 Kalenderseiten! Und wer mag, gönnt sich für die Lektüre einen Keks und einen Punsch – oder auch zwei!

3

Die guten Dinge

Aller guten Dinge sind…

Geschenke einpacken

mit einer Freundin Tee trinken

zu ABBA durch die Küche tanzen

mit dem Stiefel das Eis von zugefrorenen Pfützen aufbrechen

auf einem Berggipfel stehen, den man aus eigener Kraft bestiegen hat

morgens nach dem Aufwachen wohlig in die Matratze furzen

den Brief von einer Freundin im Briefkasten finden

auf dem Schlitten einen Berg hinuntersausen

stricken

in 36° C warmes Badewasser eintauchen

Eiszapfen abbrechen und lutschen

Kerzen anzünden

auf dem Fahrrad laut singen

die Teigschüssel auslecken

im Schnee mit Armen und Beinen den Engel machen

mit dem Flugzeug abheben

die Käsekruste vom Grund der Fondue-
pfanne kratzen

dem Geschirrspüler bei der Arbeit zuhören

Geschenke auspacken

... viel mehr als drei

4

Der Professor hat einen Plan

Konrad Lavenstein war ein neugieriger Mensch. Im positiven Sinne. Er wollte hinter die Dinge sehen, sie ergründen und im besten Fall begreifen. Und er war interessiert an seinen Mitmenschen. Als Germanistikprofessor an der Friedrich-Alexander-Universität in Erlangen hatte er bis zu seiner Emeritierung diese Vorlieben erfolgreich vereinen können. Verschiedene seiner Forschungsarbeiten waren weit über die universitäre Welt hinaus bekannt geworden. Und seine Studenten hatten ihn stets geschätzt, da er sich offen und ernsthaft mit ihren Ideen auseinandergesetzt hatte. Er galt als unbestechlich, aber auch als gütig und interessiert.

Im Ruhestand fehlte Lavenstein jetzt der intensive Austausch mit Jung und Alt, und so kam er eines Abends im Dezember auf eine ziemlich verrückte Idee.

Als er kurz vor Mitternacht noch einen Spaziergang in der Innenstadt machte, um sich nach einer größeren Aufräumaktion in seinem Arbeitszimmer ein wenig durchpusten zu lassen, führte ihn sein Weg die stille Fußgängerzone hinunter zum Schlossplatz, wo die Buden der Erlanger Waldweihnacht vor kurzem geschlossen hatten. Der Duft nach Glühwein und Bratwürsten, nach Tannenzweigen und gebrannten Mandeln hing noch immer in der Luft. Lavenstein atmete genüsslich ein und sah vom Schloss hinüber zum Palais Stutterheim, in dem seit ein paar Jahren die örtliche Stadtbibliothek untergebracht war. Ein wunderschöner Barockbau, der innen behutsam und gelungen modernisiert worden war. Lavenstein hielt sich dort sehr gerne auf und streifte eigentlich jede Woche durch die Stockwerke, kam mal hier, mal dort mit den Bibliothekaren ins Gespräch, die ihn schon lange mit Namen kannten.

Vor dem Palais lag die Weihnachts-Eisbahn still und verlassen da. Keine Menschenseele war hier in dieser winterkalten Nacht, und die weihnachtlichen Lichter auf dem Platz leuchteten nur für ihn. Da kamen ihm Eichendorffs Worte in den Sinn, weil sie genau beschrieben, was er sah und fühlte, und ohne darüber nachzudenken, rezitierte er:

«Markt und Straßen steh'n verlassen, still erleuchtet jedes Haus, sinnend geh' ich durch die Gassen, alles sieht so festlich aus.» – Eine junge Frau, die just in diesem Augenblick an ihm vorbeigekommen war, drehte sich zunächst irritiert zu ihm um, bis sie die Zeilen des Gedichts erkannte und lächelnd fortfuhr: «An den Fenstern haben Frauen buntes Spielzeug fromm geschmückt. Tausend Kindlein stehn und schauen, sind so wunderstill beglückt.» Die beiden Fremden, der ältere Mann und die junge Frau, ergriffen strahlend die Hand des anderen, wünschten einander eine schöne Weihnachtszeit und gingen auseinander. Just in diesem Moment hatte der Professor einen Einfall: Gleich am nächsten Tag würde er durch die Stadt gehen und die Menschen um sich herum mit Zitaten aus Weihnachtsliedern überraschen. Nicht alle würden so reagieren wie die junge Frau eben, aber neugierig auf die Reaktionen war er allemal. Soviel stand fest!

Konrad Lavenstein fand in jener Nacht nur wenig Schlaf, denn er hatte noch eine Weile Internetrecherche in Sachen weihnachtlicher Liedtexte betrieben. Ein starker Tee mit extra viel Kandis weckte am Morgen seine Lebensgeister, und mit besonderer Sorgfalt wählte er seine Garderobe aus. Als ihm gefiel, was er im Spiegel sah – einen distinguierten, freundli-

27

chen älteren Herrn in dunkelblauem Kaschmirmantel, dezent kariertem Schal und gut geschnittenem Hut – zog er sich seine Lederhandschuhe an und verließ seine Wohnung in der Altstadt.

In Höhe des Neustädter Kirchenplatzes setzte er seinen Plan das erste Mal in die Tat um. Die Kirchenglocken läuteten gerade zur zehnten Stunde, als ihm eine mittelalte Frau auffiel, die mit ihrem Fahrrad an einer der kahlen Platanen stand und dabei aussah wie eine Trauerweide: Die dunkelblonden Haare fielen schlaff auf die Schultern ihres sackähnlichen Mantels, und der Blick war lustlos zu Boden gerichtet. Vielleicht benötigte sie etwas Aufmunterung? Also ging er mit federnden Schritten auf sie zu und stellte mit Blick auf den Kirchturm lächelnd fest: «Süßer die Glocken nie klingen als zu der Weihnachtszeit, 's ist, als ob Engelein singen wieder von Frieden und Freud'.» – Sie sah Lavenstein an, als habe er ihr gerade verkündet, dass es in Kürze geringelte Erdmännchen hageln werde, stieg auf ihr Fahrrad und ergriff die Flucht.

Nach dieser gescheiterten Premiere wünschte er den Passanten erst einmal nur herzlich «Frohe Weihnachten», bis er es in der

Goethestraße wieder wagte, mit seinem Vorhaben fortzufahren. Dort wählte er einen jungen Mann mit Kinderwagen aus, der entnervt guckte, als eine Gruppe Jugendlicher lautstark zum Bahnhof zog. Lavenstein stellte sich neben den Mann, wartete, bis er dessen Aufmerksamkeit hatte, zeigte dann auf die Krachmacher und meinte kopfschüttelnd: «Still, still, still, weil's Kindlein schlafen will!» Der junge Mann musterte sein Gegenüber skeptisch. Lavensteins gepflegtes Äußeres aber überzeugte ihn von dessen harmloser Absicht, und er schenkte ihm ein dankbares Lächeln. Erleichtert wünschte ihm der Professor Frohe Weihnachten und bog am Bahnhof zum Hugenottenplatz ein.

Dort stellte er sich zu einer Gruppe, die auf den Bus nach Nürnberg wartete. Ein junges, langhaariges Mädchen, dem vor Kälte die Zähne klapperten, schien ihm geeignet für sein nächstes Zitat, und so fing er ihren Blick und stellte mitleidig fest: «Der Winter ist ein rechter Mann, kernfest und auf die Dauer.» «Was ist?», fragte das Mädchen und zog sich die Stöpsel aus den Ohren, die Lavenstein wegen der langen Haare nicht gesehen hatte. Bevor er etwas sagen konnte, antwortete die Freundin der Schülerin: «Er sagt, er heißt Winter und liegt auf der Lauer!» – Nun war es am Professor, dumm aus der Wäsche zu sehen. Trug sie etwa auch Ohrstöpsel? Er hoffte instinktiv für sie, dass er diese nur nicht gesehen hatte, und ließ die beiden stehen. Am Schlossplatz wünschte er zunächst nur einigen Leuten ein friedliches Weihnachtsfest, die es ihm freundlich dankten, bis er sich dem Weihnachtsbaumverkauf näherte. Dort sah er sich zwischen Fichte, Nordmanntanne und Kiefer um, als der Verkäufer, die behandschuhten Hände wärmespendend aufeinanderschlagend, zu ihm trat und fragte: «Haben's scho was g'funden?» – «O Tannenbaum, o Tannenbaum, du kannst mir sehr gefallen!» entgegnete Lavenstein so begeistert er konnte. Ungerührt antwortete der Verkäufer: «Die da? Ist wirklich a schön's Exemplar. Wollen'S die gleich mitnehmen?»

Ohne Worte. Ohne Worte! dachte der Professor, nachdem er den Verkäufer mit ablehnendem Dank verlassen hatte. Erkannten die Leute nicht mal mehr ein Weihnachtslied, wenn man es ihnen auf dem Silbertablett präsentierte? Er seufzte. Die nächste Stunde auf dem Weihnachtsmarkt verbrachte er mal mehr, mal weniger erfolgreich, seine Liedtexte an den Mann oder die Frau zu bringen. Viele ließen Lavenstein einfach stehen, einige lächelten gequält (was eigentlich ebenso schlimm war), eine Handvoll (und das waren überwiegend Frauen) fand ihn nach kurzer Bedenkzeit wirklich originell und wechselte ein paar Worte mit ihm.

Er hatte gerade «Zwei im Weckla» verspeist und dabei im Geiste ein Loblied auf die Fränkische Bratwurst gesungen, als von der Eisbahn aufgeregte Kinderstimmen zu ihm herüberdrangen. Lavenstein rückte seinen Schal zurecht und ging zur Bande, um dem Wirbel auf den Grund zu gehen. Eine Schulklasse fuhr mit ihrer Lehrerin gerade Schlittschuh, als sich eine schwarz-weiß-gefleckte Katze vor einem Riesenschnauzer auf das Eis geflüchtet hatte. Der Hund kläffte wie von Sinnen, bis er von seinem Besitzer keifend weggeführt wurde. Der Katze behagten weder der kühle, glatte Untergrund noch die vielen Kinder, und sie suchte panisch nach einem Ausweg. Da rief die junge Lehrerin ihrer Klasse zu, still zu sein und sich nicht zu bewegen, was die Katze vor einem Herzinfarkt rettete. In die plötzlich eintretende Ruhe sang eine sonore Männerstimme: «ABC, die Katze lief im Schnee, und als sie dann nach Hause kam, da hatt' sie weiße Stiefel an –» «- o jemine, o jemine, die Katze lief im Schnee», war die Lehrerin schlagfertig mit eingefallen, schnappte sich nun geschickt die echte Katze und drückte sie unter begeistertem Gelächter ihrer Schäflein dem verdutzten Lavenstein in die Hand, der das Fellbündel vorsichtig auf den Boden setzte und ihm die Freiheit wiederschenkte. Die beiden Katzenretter gaben danach noch gemeinsam die zweite Strophe des Liedes zum Besten, und der Professor fand beschwingt, dass es Zeit war für einen gelungenen Abschluss seines kleinen Experiments. Er hatte genug. Und betrat die Stadtbibliothek.

Dort ließ er seine guten Beziehungen beim Personal spielen. Die Besucher, die Zeitung lasen, vor den vielen Regalen standen oder an der Rückgabe warteten, staunten nicht schlecht, als plötzlich folgende Lautsprecherdurchsage ertönte: «Nun soll es werden Friede auf Erden, Den Menschen allen ein Wohlgefallen: Ehre sei Gott!»

5

Adventskalender im Sommer

Immer wenn ich bei Freunden oder Verwandten einen Schokoladen-Adventskalender stehen sehe, möchte ich wissen, wann sie ihn gekauft haben.

Was die Frage soll? Ich finde sie durchaus angebracht, schließlich sind Adventskalender ja bereits seit Oktober im Handel. Wer kann dazu schon nein sagen?

Im Ernst: Nun ist man ja mit der Heimsuchung der Supermärkte durch Lebkuchen & Co. ab Ende August schon Kummer gewöhnt. Und wer dem «zarten Schmelz» schokoladengetauchten Weihnachtsgebäcks bei Temperaturen um 20° C eine neue Bedeutung abringen will («Schmilzt schon in der Hand, nicht erst im Mund.») – nun gut, dem sei es gegönnt.

Warum die betreffenden Firmen jedoch glauben, dass man unbedingt schon im Frühherbst Adventskalender kaufen muss?

Ich wollte diesen Oktober mit der Frau, die vor mir in der Supermarkt-Schlange zwei Schoko-Adventskalender aufs Laufband legte, glatt ein Kurzinterview zum Thema führen.

Habe es aber gelassen. Denn mir kamen spontan nur Fragen in den Sinn, die ihre Kooperationsbereitschaft vielleicht doch torpediert hätten. Zum Beispiel: Wieso zum Henker kaufen Sie jetzt schon Adventskalender? Das erste Türchen wird traditionell nicht vor dem ersten Dezember geöffnet. Wussten Sie das noch gar nicht? Oder: Mit Geduld haben Sie es nicht so, was?

Ich habe dann versucht, aufkeimende Aggressionen herunterzukochen und lieber positiv zu denken. Darum habe ich mir folgende plausible Erklärungen ausgedacht:

Die liebe Verwandtschaft, die vor 32 Jahren ins ferne Neuseeland ausgewandert ist, zelebriert nach wie vor die Weihnachtszeit wie in der guten alten Heimat. Und dazu gehört eben auch der DIN A4 große Adventskalender mit 24 Stückchen Schokolade und Weihnachtsmannmotiv aus deutschen Landen, um die Stimmung perfekt zu machen. Wie gut, dass die Lebensmittelindustrie auch an solche Fälle denkt und darum nicht nur Lebkuchen, sondern auch Schokokalender frühzeitig in die Regale spült! Da kann man einkaufen, zur Post flitzen, Paket schnüren und hoffen, dass die kostbare Fracht rechtzeitig im Sommer der südlichen Halbkugel ankommt.

Oder was ist mit dem einsamen Großvater, dessen Enkel, wenn überhaupt, nur 2x im Jahr bei ihm vorbeischauen? Wenn sie nun das 2. Mal bereits im Oktober kommen und sich danach erst wieder im März blicken lassen, dann ist doch Weihnachten bereits vorbei. Man muss doch vorbereitet sein... Also Adventskalender kaufen und das Beste hoffen.

Als mir diese und andere Gedanken durch den Kopf gegangen waren, wurde mir ganz blümerant zu Mute. Fast hätte ich auch gleich einen Stapel Adventskalender gekauft, nur so für alle Fälle. Da fiel mir zum Glück aber ein, dass ich weder nostalgische Verwandtschaft in Neuseeland habe noch einsamer Großvater bin. Was für ein Glück!

6

Die geteilte Last

St. Nikolaus stand auf einer Waldlichtung. Er war völlig ausser Atem. Sein Esel war am Vorabend ausgebüxt und hatte ihn mit seinem schweren Sack, Buch und Fitze ganz allein zurückgelassen. St. Nikolaus hatte getobt. Was hatte sich der blöde Esel bloss gedacht! Das ganze Jahr über konnte er tun und lassen, was er wollte, und ausgerechnet am 6. Dezember, als es darauf ankam, liess er seinen Herrn im Stich. Dem St. Nikolaus war nichts Anderes übrig geblieben, als sich zu Fuss auf den Weg ins Dorf zu machen. Er war erst ein paar hundert Meter gegangen und bereits ganz verschwitzt, sein Herz klopfte wie wild. Er verschnaufte noch ein bisschen und schulterte darauf wieder seinen schweren Sack. Doch schon bei der nächsten Wegkreuzung musste er seine Last wieder absetzen. St. Nikolaus keuchte. Was sollte er bloss machen? Um 18 Uhr musste er bei der ersten Familie sein und danach ging es im Halbstundentakt von Haus zu Haus. Wenn nur dieser Sack nicht so schwer wäre! Schliesslich raffte er sich wieder auf und ging weiter. Der Schnee knirschte unter seinen Stiefeln und sein Atem dampfte weiss in der kalten Abendluft. Erschöpft setzte er den Sack schon nach wenigen Schritten wieder ab. Als er ihn sich abermals auf den Rücken schwingen wollte, kam er ins Taumeln und fiel mitsamt dem Sack rückwärts in den Schnee. Mandarinen und Nüsse rollten auf den Boden und St. Nikolaus fluchte laut, wie es sonst gar nicht seine Art war. Er stand auf, klopfte sich den Schnee vom Gewand und begann, die Leckereien wieder einzusammeln. So würde er es nie bis ins nächste Dorf schaffen. In seiner Not beschloss er schliesslich, ohne Sack weiterzugehen. Viele Kinder waren sowieso übergewichtig und brauchten gar keine Süssigkeiten. Auch Spielzeug hatten sie ohnehin schon mehr als genug. Hauptsache, der St. Nikolaus war pünktlich bei den Familien. Alles Weitere würde sich dann schon geben. St. Nikolaus schleifte den Sack weg vom Waldweg und versteckte ihn hinter einer Rottanne. Darauf ging er nur mit Buch und Fitze weiter. Wie leicht es sich doch ohne die Last der Süssigkeiten und Geschenke ging!

Pünktlich um 18 Uhr klingelte er bei der Familie Honegger. Er hörte aufgeregte Kinderstimmen, dann lief jemand zur Tür und öffnete. «Hoho, guten Abend! Bist du der Finn?»

Der Junge nickte, schaute dann zu Boden und lief ins Wohnzimmer, wo sein Bruder und seine Eltern schon warteten. St. Nikolaus trat in den Flur und folgte dem Jungen. Er setzte sich in den freien Lehnsessel gegenüber vom Sofa und liess den Blick durch das geräumige Wohnzimmer schweifen. Die Fenster gingen bis zum Boden, die Möbel aus Leder, Stahl und Glas sahen schön, aber ungemütlich aus. An der Stirnseite des Raumes hing ein riesiger Flachbildschirm an der Wand. Doch was den St. Nikolaus am meisten beeindruckte, das war eine Schale, die auf dem Salontisch zwischen der Familie und ihm stand. Sie war üppig gefüllt mit Mandarinen, Nüssen, Schokolade, Lebkuchen und anderem Honiggebäck. Nur mit Mühe konnte St. Nikolaus den Blick von dieser zur Schau gestellten Fülle lösen. Während er all das in sich aufnahm, waren die ganze Zeit vier Augenpaare auf ihn gerichtet. St. Nikolaus räusperte sich: «Na, seid ihr auch schön brav gewesen?» Er schaute zu den beiden Jungen: «Wer von euch Beiden ist denn der Jüngere?» Der kleinere Junge erhob die Hand. Auf Geheiss des St. Nikolaus' stand er auf und kam näher. Er hiess Janis, und nachdem ihm St. Nikolaus ein paar Fragen gestellt

hatte, sagte er artig seinen Vers auf. Darauf
schlug St. Nikolaus sein grosses Buch auf und
lobte und tadelte das Kind. Als Janis gehört
hatte, was es zu hören gab, sah er erwartungs-
voll zum St. Nikolaus hoch. Das wäre der
Moment gewesen, in dem St. Nikolaus für ge-
wöhnlich in seinen grossen Sack gegriffen und
ein Geschenk und ein paar Süssigkeiten her-
vorgeholt hätte. Der St. Nikolaus sah in die
grossen erwartungsvollen Kinderaugen und
verwünschte seinen Esel. Warum nur hatte ihn
dieser im Stich gelassen und wieso bloss hatte
er, St. Nikolaus, es nicht geschafft, seinen Sack
hierher zu tragen? Diesem Jungen fehlte es an
nichts, aber nichts auf der Welt konnte eine
Gabe ersetzen, die vom St. Nikolaus kam –
und wenn es nur eine Mandarine war. Da sass
er nun und hatte nichts für diesen Jungen.
Was sollte er jetzt machen? St. Nikolaus räusperte sich und sagte dann zu Janis: «Ja magst
du mir denn kein Lied vorsingen?» Der Junge
wirkte etwas gequält, spielte aber brav mit.
Offenbar schien er zu akzeptieren, dass er dem
St. Nikolaus dieses Jahr mehr bieten musste
als letztes Jahr, um seine Süssigkeiten zu bekommen. Er begann mit leiser Stimme ein Lied
vom Samichlaus* zu singen. Eigentlich hätte

das Lied eine Melodie gehabt. Der St. Nikolaus kannte sie natürlich. Aber bei diesem Jungen klang irgendwie jeder Ton gleich. Die Eltern im Hintergrund verzogen die Gesichter und Janis' Stimme wurde immer dünner. Jetzt tat der Junge St. Nikolaus noch mehr leid. Was sollte er diesem Jungen bloss geben? Sollte er sagen, er hätte seinen Sack draussen im Flur stehen, und, statt ihn zu holen, abhauen? Nein, das war nicht seine Art. Was, wenn er sagte, er müsse mal auf Toilette, und sich stattdessen in der Küche umsah? Vielleicht würde er dort etwas finden, das er den Kindern schenken konnte. Schweissperlen traten auf seine Stirn. Was er sich auch überlegte, kein Plan überzeugte ihn. Und die Wahrheit konnte er diesem Jungen am allerwenigsten zumuten. Plötzlich war es still im Wohnzimmer. Der Junge war fertig mit seinem Lied und wieder spürte St. Nikolaus diese erwartungsvollen Kinderaugen auf sich. «Sehr schön, du kannst dich wieder hinsetzen, Janis.» Langsam und mit gesenktem Kopf ging der Junge zurück zum Sofa. Die Mutter Honegger schloss ihren Jüngsten in die Arme und St. Nikolaus hörte, wie sie ihm leise – aber nicht zu leise – ins Ohr flüsterte: «Der St. Nikolaus gibt dir heute dei-

ne Sachen eben erst am Schluss, mein Spatz.»
Der Junge wirkte getröstet und schaute wieder
hoffnungsvoll über die volle Schale mit Nüssen, Lebkuchen und Mandarinen zu St. Nikolaus. Dieser schluckte.

St. Nikolaus rief den älteren Bruder, Finn,
auf. «Samichlaus, du alte Socke…» begann der
Junge seinen Vers, doch St. Nikolaus unterbrach ihn, vielleicht etwas barscher als er eigentlich wollte: «Nein, das nicht. Ich will etwas Schönes hören!» Der Junge wirkte etwas
eingeschüchtert, warf einen Blick zu seinen
Eltern auf dem Sofa, die ihm aufmunternd
zulächelten, und begann dann einen anderen
Vers herunterzuleiern. St. Nikolaus war nicht
bei der Sache. Er kannte die bettelnden, for-
dernden, frechen Sprüche der Kinder sowieso
in- und auswendig. Die Wenigsten gefielen
ihm. Was St. Nikolaus aber gar nicht duldete,
das war Respektlosigkeit. Während Finns mo-
notonem Monolog suchte St. Nikolaus in Gedanken fieberhaft nach einem Ausweg für sein
Problem. Vielleicht hatte er ja noch etwas in
seiner Manteltasche, das er den Jungen geben
konnte? Verstohlen tastete er mit der Hand
danach. Aber da war nichts, ausser einem ge-
brauchten Taschentuch. Der Vers des Jungen

war zu Ende und St. Nikolaus wieder an der Reihe. Er musste Zeit schinden. In seinem Buch stand, der Junge könne gut zeichnen und sei hilfsbereit. St. Nikolaus machte daraus eine grosse Sache. Er zählte alle berühmten Kunstmaler auf und stellte dem Jungen Fragen über Picasso, Klee und Kandinsky. Der Junge sah ihn mit grossen Augen an und wirkte immer verstörter. St. Nikolaus ging über zur Hilfsbereitschaft und erzählte ausführlich aus dem Leben von Mutter Teresa. Darauf folgte die Geschichte des barmherzigen Samariters. Auch beim Tadel holte St. Nikolaus aus und vergass dabei für einen Moment lang ganz, dass er nur einen kleinen Jungen vor sich hatte. Erst als er bemerkte, dass der Junge knallrote Ohren hatte und ihm die Tränen offensichtlich zuvorderst standen, entliess er ihn mit leeren Händen zurück aufs Sofa.

Die halbe Stunde bei den Honeggers war eigentlich schon um, doch in seiner Not rief St. Nikolaus nun auch die Mutter Honegger auf. Sie wirkte etwas erstaunt, kam dann aber um den Salontisch herum und trat vor St. Nikolaus. Dieser hatte natürlich keine Notizen über sie in seinem Buch, doch war er schliesslich lange genug im Geschäft, um zu improvisieren. Er lobte ihre Kochkünste, wie liebevoll sie mit ihrem Mann und den Kindern umgehe und ihr handwerkliches Geschick. Die Mutter Honegger wirkte etwas erstaunt, als er von ihren handwerklichen Fähigkeiten sprach. Also wechselte St. Nikolaus schnell das Thema und ging zu ihrem Ordnungssinn über. Den Tadel hielt er relativ kurz, wollte er es sich mit den Eltern Honegger doch nicht verscherzen. Inzwischen war die Zeit schon ziemlich fortgeschritten. Auf dem Sofa zeigte Vater Honegger, hinter dem Rücken der Kinder, auf seine Armbanduhr und sperrte dabei die Augen auf. Aber St. Nikolaus hatte noch immer keinen Schimmer, wie er das mit der Bescherung machen sollte, und so fuhr er fort. Mit etwas Mühe rief er auch Vater Honegger auf. Gerade hatte er diesem einen Vers abverlangt und sich dabei in seiner Verzweiflung überlegt, ob er nicht doch am besten die Wahrheit über seinen Sack sagen sollte, da klingelte es an der Haustüre. «Entschuldige mich bitte, Nikolaus», sagte Vater Honegger und ging rasch zur Tür. Offensichtlich froh, den Fängen des St. Nikolaus zu entkommen. St. Nikolaus, die beiden Jungen und die Mutter Honegger blieben im Wohnzimmer sitzen. Da fiel St. Nikolaus' Blick wieder auf die Schale mit den Mandarinen, Nüssen und Lebkuchen auf dem Salontisch. Ja klar, das war seine Chance! «Geht doch auch mal nachschauen», sagte er zu den Kindern, «vielleicht ist es das Christkind!» Das liessen sich die Jungen nicht zweimal sagen. Sie rannten los zur Tür. Die Mutter sah ihnen neugierig nach. Schliesslich folgte sie ihnen nach einem entschuldigenden Lächeln in Richtung des St. Nikolaus. Pfeilschnell war St. Nikolaus beim Salontisch und stopfte sich Nüsse, Mandarinen und Lebkuchen in die Manteltaschen, so viele er kriegen konnte. Gerade löste die Mutter den Blick von den Kindern, da setzte er sich rasch mit ausgebeulten Taschen wieder auf seinen Stuhl zurück. Das war knapp gewesen, aber nun war er für die Bescherung gewappnet!

Inzwischen war draussen im Flur noch eine zweite Männerstimme zu hören. St. Nikolaus staunte nicht schlecht, als hinter Finn, Janis und den Eltern Honegger ein junger kräftiger Mann ins Wohnzimmer trat. Er trug etwas auf dem Rücken. St. Nikolaus versuchte zu erkennen, was es war. Der junge Mann kam direkt auf ihn zu: «Guten Abend St. Nikolaus. Du hast da etwas im Wald vergessen.» Er setzte einen grossen schweren Jutesack neben St. Nikolaus auf dem Boden ab. Es war der Sack des St. Nikolaus! Der junge Mann sagte zu ihm: «Dein Esel wartet draussen, ich habe ihn am Briefkasten angebunden. Ist ein schlaues Tier, aber du solltest ihn besser füttern. Er stand heute Morgen bei uns im Stall und frass neben meinen Pferden an der Krippe. Als ich mit ihm rausging, hat er mich zu diesem Sack hier geführt.» Der Mann zeigte auf den Sack des St. Nikolaus. «Ganz schön schwer, die Last, die du mit dir rumträgst.» Die ganze Zeit über hatte St. Nikolaus nur mit offenem Mund dagesessen. Plötzlich wurde ihm klar, warum sein armer Esel ausgebüxt war. St. Nikolaus hatte in der ganzen Hektik, die die Vorbereitungen für den heutigen Tag mit sich brachte, vergessen, ihn zu füttern. Das arme Tier hatte Hunger. Jetzt stand er auf und packte die Hand des jungen Mannes. «Vielen Dank!» Der junge Mann lächelte ihn an. «Gern geschehen, jetzt muss ich aber wieder los.» Nachdem der Mann gegangen war, langte St. Nikolaus in den Sack und verteilte den beiden Jungen ihre Geschenke und Süssigkeiten. Und wieder nutzte er den Moment, als alle mit ihren Geschenken und Süssigkeiten beschäftigt waren, und legte den Inhalt seiner Manteltaschen verstohlen in die Schale auf dem Salontisch zurück. Mutter Honegger sah gerade auf, als er die letzte Mandarine zurücklegen wollte. Sie lächelte ihm zu und sagte: «Behalte die nur für deinen Esel.» «Der Mann eben mit dem Sack war ja gar nicht das Christkind», stellte Finn fest. «Oh doch», sagte St. Nikolaus, «das Christkind erscheint eben in vielerlei Gestalt.» «Soll ich dir noch ein Lied vorsingen?» fragte Janis. St. Nikolaus stand auf: «Nein, danke. Es ist schon spät, ich muss weiter. Auf Wiedersehen und bis zum nächsten Jahr.» Draussen stand der Esel und schaute St. Nikolaus an, als ob nichts gewesen wäre. Willig liess er sich den grossen Sack aufbinden und ging mit seinem alten Herrn weiter zum nächsten Haus.

*Der Samichlaus ist der schweizerische St. Nikolaus. Am 6. Dezember bringt er jeweils nicht nur Süssigkeiten und kleine Geschenke, sondern auch Lob und Tadel.

7

Wenn wir Weihnachten vergessen würden

Neulich träumte ich, wir hätten die Weihnachtszeit vergessen. Eine atmosphärische Störung Anfang November hatte alle Erinnerungen daran auf der ganzen Welt gelöscht.

Da sich ein Traum ja leider verflüchtigt, je genauer man sich in ihn zurückzusetzen versucht, konnte ich mich eigentlich gleich nach dem Aufwachen nicht mehr an Details, sondern eben nur an die Überschrift erinnern. Die war jedoch spannend genug, dass ich mir aufs Neue Gedanken darüber machte.

Wie wäre das also, wenn wir die Adventswochen vergessen würden?

Keine grellbunten Lichter in den Fenstern, keine aggressiv blinkenden Leuchtbänder, wie Paketband um wehrlose Tannen gewickelt. Klingt vielversprechend. Keine Sterne an den Laternen der Innenstadt. Amazon-Mitarbeiter würden nach Halloween aus Mangel an Aufgaben in den großen Lagerhallen Tischtennisturniere abhalten, um sich fit zu halten. Die Paketboten könnten schon mittags Feierabend und es sich in der dunklen Jahreszeit zu Hause gemütlich machen. Kinder hingen ihren Eltern nach dem winterlich frühen Einbruch der Dunkelheit quengelnd am Rockzipfel mit den Worten: «Mir ist soo langweilig!». Das Hüftgold in Form von Lebkuchen, Zimtsternen und Marzipanstangen bliebe ebenso in den Fabriken wie die Unmengen von Butter, Zucker und Eiern in den Kühlregalen der Supermärkte – niemand käme auf die Idee, Plätzchen zu backen.

Und die knausrigen Omas und schwierigen Großonkel blieben allein in ihren Ohrensesseln sitzen und keiner würde sie je abholen, denn dafür gäbe es keinen Anlass.

An den feuchten, kalten und langen Dezemberabenden wären Boutiquen und Kaufhäuser kaum besucht. Stattdessen säßen die Leute früh am heimischen Esstisch und dann am Fernseher und schimpften über das Wetter und die Dunkelheit.

Plötzlich erhielte «die stade Zeit», mit der man in Bayern die Weihnachtszeit umschreibt, ihre Bedeutung zurück: Still wie der See würde der Dezember in den letzten Wochen des Jahres ruhen und es sich dort bequem machen, bis der Januar erwartungsfroh vor der Tür stünde.

Aber: damit hätte ich die Rechnung ohne Industrie und Handel gemacht, die uns netterweise mit allerlei Ritualen durch den Jahreslauf führen.

Fangen wir mit dem Januar an: Während die letzten Weihnachtsleckereien zum halben Preis verschleudert werden, können wir gleichzeitig Fitnessgeräte, -kleidung und Entschlackungspräparate erwerben, um die vielen Pfunde wieder loszuwerden, die wir uns mit Plätzchen hier und fettem Entchen dort auf unsere Hüften geladen haben. Das Streben nach Gewichtsverlust kollidiert kurzfristig mit den Fastnachtskrapfen und langfristig mit dem süßen Osterzeug, das uns ja auch früh zur Verfügung gestellt wird. Heißt also: Nach Ostern wird es Zeit für die nächste Fitnesswelle, dieses Mal mit Outdoorprodukten, da ja der Frühling vor der Tür steht. Im Frühsommer beginnt die Grillsaison, aber auch die Urlaubszeit. Das birgt Konflikte! Großes Gekreische in den Umkleidekabinen: Wie sehe ich denn im Bikini aus?? Also: Fitnessgeräte! Mittlerweile wird es ganz schön voll in den eigenen vier Wänden. Man kann kaum noch treten, geschweige denn sich sportlich betätigen. Und es wird dafür auch viel zu warm. Ach, und was soll's? Wo doch im August schon die Weihnachtsnaschereien ihren Weg in die Regale finden. Kurze Konkurrenz durch die Halloween-Produkte, aber dann gibt es kein Halten mehr.

Wenn wir also Weihnachten vergessen würden, säßen dann Handel und Industrie unkreativ in der Ecke und schmollten drei Monate lang? Sicher nicht. Wie ließe sich die Zeit zwischen Halloween und Ostern also sinnvoll und gewinnbringend füllen, wenn es Weihnachten nicht gäbe? Mit Silvester! Welch großer, außerordentlich wichtiger Tag... Glücksklee in Form von Keks, Schokolade und Gelee überschwemmten den Markt. Marzipanschweine und -hufeisen. Glückskekse in allen Größen, mit guten Wünschen, bösen Wünschen, schmutzigen Wünschen, Wünschen für Kinder, Wünschen für die Nachbarn... Und Literatur natürlich: «Vom alten Jahr achtsam Abschied nehmen» – «Die ersten Minuten des Jahres erfolgreich planen» – «100 Rezepte für Ihre Silvesterparty» – «So komme ich gut gelaunt ins neue Jahr». Überall Schornsteinfeger, Konfetti und Feuerwerk, Knallbonbons und Partykleidung. Lustig, lustig, tralala-lala – ach, nein, das hätten wir ja vergessen.

Also lieber doch nicht. Die atmosphärische Störung soll den Mond ereilen, nicht die Erde. Und ab jetzt ist Schluss mit dem Konjunktiv. Ich will meine Adventszeit wiederhaben! Auf die Schulfeiern, Hortfeiern und Vereinsfeiern, Yogakursfeiern und Firmenfeiern könnte ich zwar gut verzichten, um den Konjunktiv noch einmal zu bemühen, aber alles andere: Kerzen, Lieder, Düfte und Glühwein – nein, darauf nicht. Auch nicht auf Plätzchen. Und ebenso wenig auf Dominosteine*, wenn ich's mir so recht überlege. Wie gut, dass es ab Januar bei Aldi, Lidl & Co. wieder Crosstrainer und Hanteln gibt. Bitte bevorraten Sie sich!

*Dominosteine sind kleine schokoüberzogene Würfel aus drei Schichten: unten Lebkuchen, in der Mitte Fruchtgelee, oben Marzipan.

8

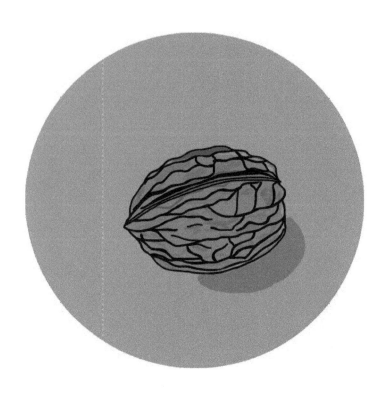

Schönheitswettbewerb

Das Christkind fragte laut:

«Wer hat die schönste Haut?»

Orange Hulda zierte sich,

da rief die Walnuss ganz schnell: «Ich!»

9

Neunerlei

Wir schenken uns nichts. Damit haben wir schon vor ein paar Jahren aufgehört. Und uns am ersten Heiligabend auch daran gehalten. Mittlerweile ist «Wir schenken uns nichts» zu einer anstrengenden Aufgabe geworden, viel anstrengender als «Natürlich schenken wir uns etwas!». Denn: «Wir schenken uns nichts» lässt sich in die Sprache meiner großen Familie übersetzen mit «Wir schenken uns etwas Kleines, Feines, Wohlüberlegtes. Etwas Selbstgemachtes.» Laut ausgesprochen wurde das nie. Mit den Jahren hat sich einfach eine Dynamik entwickelt, die keiner von uns stoppen konnte. Ungefähr vergleichbar mit einem Lawinenabgang. Man steht da, sieht das Grauen nahen und ist machtlos.

Im zweiten Jahr unseres Abkommens nahte das Grauen erstmalig in Form filigranen Gebäcks in kunstvoll dekorierten Zellophan-Tüten und den Worten von Tante Gundula: «Nichts Besonderes. Ich wollte nur ein paar interessante Rezepte ausprobieren. Lasst es euch schmecken!». Dumm, wenn man selbst mit leeren Händen dastand. Das dachten sich zumindest die weniger Charakterstarken unter uns, denn im dritten Jahr kamen Cousine Dagmars Pralinen dazu, natürlich selbstgemacht und mit Blattgold verziert, sowie von den Schwiegereltern meines Bruders eine Auswahl entzückender Weihnachtskerzen mit dem auf braune Packpapieretiketten gestempelten Hinweis «Homemade». Damit war die Marschrichtung vorgegeben.

Im Jahr darauf schenkten wir schließlich alle nicht nichts. Das wäre schließlich unhöflich gewesen. Ein Affront gegen die lieben Anverwandten. Für die handwerklich Benachteiligten unter uns waren diese stillschweigend beschlossenen Vorgaben nur qualvoll umzusetzen. Und das Ergebnis für die Beschenkten mitunter eine Herausforderung in Sachen Schauspielkunst: Hingerissene «Nein, wie lecker sieht das denn aus!»-Rufe angesichts von verdächtig dunkler Marmelade mit der Konsistenz und den Eigenschaften von Sekundenkleber. «Das passt ja wundervoll in meinen Flur»-Verzückung über gerahmte Mandalas, die alle aussahen, als seien sie von betrunkenen Affen ausgemalt. «Was du alles kannst!»-Lobhudeleien im Anblick eines gefilzten Irgendwas zum Aufhängen irgendwo... Ich bin mir sicher, dass jedes Familienmitglied mittlerweile über eine Schublade mit identischem Inhalt verfügt – und dass Vieles gar nicht erst den Weg in die Schublade geschafft hat.

Aber wenn etwas einige Jahre nach demselben Muster abläuft, kann man schon von Tradition sprechen. Und Tradition ist wichtig in einer Familie. Da kann man sich nicht plötzlich hinstellen und sagen: «Also, hört mal, Leute, ursprünglich wollten wir uns doch gar nichts schenken. Wollen wir es nicht doch so halten?» Da hätte man sich dann vorher aber auch nicht so überzeugend freuen dürfen!

Dies wissend, entzogen sich der Handarbeitshölle in den Jahren darauf immer wieder Verwandte durch Flucht. In die Berge. Ans Meer. In die Stadt. Aufs Land. Ins Krankenhaus.

Nachdem ich in den letzten Jahren sicher zum Schubladenfundus beigetragen habe, ist dieses Jahr etwas Außergewöhnliches an der Reihe, und ich bin stolz darauf, sagen zu können, dass es mir gelingen wird, mit sehr wenig Mühe großen Eindruck zu schinden: Ich werde Weihnachten verschenken. Jedes Familienmitglied erhält sein ureigenes!

Eigentlich handelt es sich nur um ein unverschämt günstig im 1 Euro-Laden erstandenes rotes Säckchen und eine Handvoll Gewürze, aber eine gute Vermarktung ist bekanntlich das Geheimnis des Erfolgs.

Das Neunerlei Gewürz wird dabei meine Geheimwaffe. Dabei handelt es sich um eine traditionelle Gewürzmischung für Lebkuchen, und ich habe die Zutaten dafür schon in die Säckchen gefüllt: Pimentkörner und Sternanis, Zimtstangen, Gewürznelken, Koriander- und Fenchelsamen, Kardamomkapseln, Ingwerknollen und Muskatnüsse. Wikipedia hat mir erklärt, dass diese neun Gewürze für die vollendete Lobpreisung Gottes stünden, und zwar für die Dreieinigkeit, die Elemente Erde, Luft und Wasser und die Dreiheit Erde, Himmel und Hölle. Ich verschenke darum den direkten Bezug zum christlichen Ursprung des Festes. Außerdem waren diese Gewürze, die aus aller Welt vor Jahrhunderten in unsere Handelsstädte kamen, damals ein Vermögen wert. Das sollte man auch heute nicht vergessen. Ich werde meine Verwandtschaft also netterweise darauf hinweisen. Doch abgesehen davon: Diese Säckchen duften einfach wunderbar! Nach Kindheit und Aufregung, nach unzähligen Weihnachtsfesten und Adventswochen und nach all diesen ganz persönlichen Erinnerungen, die jeder von uns hat und hütet, die er vielleicht vergessen hat und die ihm durch den Duft wieder zurück ins Gedächtnis kommen. Mich macht dieses Aroma glücklich, was auch, aber nicht nur wissenschaftlich zu erklären ist. Vielleicht erinnern wir uns ja auch alle daran, wie wir es genossen haben, als Schenken keine Pflicht, sondern ein Vergnügen war.

10

Vier Schwarzfahrer und ein Advent

Vier gestopfte Plüschfiguren stehen im Regal des Einkaufszentrums am Stadtgarten und starren stumpf vor sich hin. «Also, wenn die jetzt noch einmal ‹Jingle-Bells› spielen», sagt das Christkind, «dann reiss ich mir die Flügel aus!» «‹Jingle-Bells› ist immer noch besser als ‹Rudolf the Red Nosed Reindeer›», brummt Rentier Rudolf. Aus dem Lautsprecher ertönt «I'm dreaming of a white Christmas...», das Wort ‹white› schmachtend in die Länge gezogen. «Seit Mitte Oktober stehe ich jetzt hier und es hat in Winterthur noch keine Flocke geschneit», beschwert sich Father Christmas. Der Julenisse, der den Kindern in Skandinavien die Geschenke überbringt, lacht bitter: «Schnee gibt's hier seit der Klimaerwärmung sowieso nicht mehr.» Die vier hängen wieder ihren Gedanken nach, da kommt plötzlich ein etwa vierjähriger Junge auf das Regal zu und grapscht nach Rudolf: «Mama, Mama, sau mal, Ludolf!» «Jaja», sagt die Mama, «stell das wieder hin, Kevin. Hörst du?» Kevin denkt nicht daran, so dass ihm seine Mama Rudolf unsanft aus den Armen reisst und ins Regal zurück stopft. Die Mutter und der quengelnde

Sohn entfernen sich. Rudolf atmet erleichtert auf und bringt seine zerknautschten Glieder wieder in Position. Aus der Schneemaschine in der Ecke rieselt – wie alle zwei Minuten – leise der Schnee, dann erklingt ‹Jingle-Bells›. Die Stimmung auf dem Plüschtierregal sinkt auf den Nullpunkt.

«Was machen wir hier eigentlich?», fragt Rudolf. «Wir sind Weihnachtsfiguren, das weisst du doch», erklärt das Christkind, «wir verschönern den Menschen die Zeit bis Weihnachten.» «Ach was, die Leute, die hier reinkommen, sehen alles andere als glücklich aus», sagt der Julenisse, «und wenn sie das Kaufhaus verlassen, dann nie mit einem von uns und auch nicht glücklicher als sie reingekommen sind.» Die vier versinken wieder in trostloses Schweigen. «Was genau ist eigentlich Weihnachten? Und was hat der Advent damit zu tun, den sie immer in den Durchsagen erwähnen?», fragt Father Christmas plötzlich in die Stille. «So richtig weiss ich das auch nicht», gibt das Christkind zu. «Irgendwie gehören die zusammen... Vielleicht sind sie ein Paar... Auf jeden Fall muss es eine Verbindung zwischen Weihnachten, Advent, uns und dieser Jahreszeit geben, sonst wären wir jetzt nicht hier.» «Ach, du bist ja so etwas von siebenschlau!», höhnt Rentier Rudolf. «Aber weisst du was? Ich habe diesen geheimnisvollen Herrn Advent noch nie zu Gesicht bekommen!» Das Gespräch der Plüschtiere wird durch eine Durchsage unterbrochen: «Weihnachten steht vor der Tür. Schenken Sie Freude und überraschen Sie Ihren Liebsten mit einem Pflege- und Schönheitspaket von Adonis für nur 49.95 Franken. Jetzt in unserer Beauty-Abteilung im Erdgeschoss!»

Da macht der Julenisse zum ersten Mal einen konstruktiven Vorschlag: «Ich habe eine Idee. Wir könnten den Advent suchen gehen. Er kann uns unsere Fragen sicher beantworten. Wenn wir es schlau anstellen, merkt niemand etwas davon. Um 20 Uhr ist Ladenschluss. Morgen ist zum Glück kein Sonntagsverkauf. Das heisst, wir hätten bis zum Montagmorgen Zeit, den Advent zu finden. Was meint ihr dazu?» «Oh ja», sagt Rudolf und streckt seine watteweichen Glieder, «lasst uns gehen!» Auch Father Christmas und das Christkind lenken ein, denn sie wollen vom Advent endlich wissen, wer von ihnen nun der rechtmässige Überbringer der Weihnachtsgeschenke ist. Kaum ist das Ladenlicht gelöscht, machen sich die vier auf den Weg. Bei der Bushaltestelle an der Stadthausstrasse werden sie schnell einig, dass die Reise Richtung Eschenbergwald gehen soll. Die vier fahren schwarz, schliesslich sind sie Weihnachtsfiguren aus Plüsch und in dringender Mission.

Nicht weit von der Bushaltestelle entfernt, begegnen die vier Freunde dem Valentinstag. Dieser sitzt inmitten von Blumen und weiss – total high vom Blütenduft – gar nicht mehr, was eigentlich seine Aufgabe ist. Als ihn das wissbegierige Christkind danach fragt, faselt er etwas von Fleurop und Ferrero Küsschen. «Hast du vielleicht den Advent gesehen?», fragt das Christkind noch. Doch der Valentinstag hat seine Nase bereits wieder in eine Blüte gesteckt.

Die vier Weihnachtsfiguren ziehen weiter und treffen beim Mittleren Chrebsbach auf die Ostern. Diese liegen faul am Ufer und erklären selbstgefällig, sie müssten erst nach Weihnachten damit anfangen, Schokohasen zu giessen. Im Moment wären die Chlausformen im Einsatz. «Was ist denn eure Aufgabe?», fragt Rentier Rudolf interessiert. Die Ostern lachen und schlagen sich dabei auf die dicken Schenkel. «Von welchem Stern kommst denn du? Wir sorgen dafür, dass kleine Kinder an den Osterhasen glauben.» «Hat jemand von euch vielleicht den Advent gesehen?», fragt der Julenisse barsch, dem das Gehabe der Ostern zünftig auf die Nerven geht. Die Ostern schütteln lachend die Köpfe: «Advent? Noch nie gehört», und legen sich wieder ins weiche Laub an der Uferböschung.

Die vier Weihnachtsfiguren ziehen weiter. Bei der nächsten Wegbiegung steht der Halloween. Der orange Kürbiskopf wischt gerade den Waldboden mit einem dicken Reisigbesen. «Hallo, wer bist denn du?», will Father Christmas von ihm wissen. «Kennst du mich etwa nicht? Wir sind Landsmänner, du und ich», sagt der Halloween mit einem leichten englischen Akzent. «Ich mache, dass die Leute den Kindern Süsses geben, ob sie wollen oder nicht.» «Ach so», meint Father Christmas und erkundigt sich nach dem Weg zum Advent. «Da kann ich euch leider auch nicht helfen», sagt der Halloween und fliegt auf seinem Reisigbesen davon.

Die vier Freunde ziehen weiter durch den Eschenbergwald. Sie treffen noch allerlei Gestalten, doch der Advent scheint wie vom Erdboden verschluckt. Inzwischen ist es Sonn-

tagnachmittag geworden und langsam setzt
die Dämmerung ein. Erschöpft setzen sich die
vier auf eine Bank am Wegesrand und beraten,
was zu tun sei. «Hier im Wald ist der Advent
nicht», sagt das Christkind. «Ich bin müde und
hungrig. Lasst uns zurückgehen.» Die Anderen willigen ein. Sie trotten bis zur nächsten
Bushaltestelle. Dort schauen sie sich interessiert den Fahrkartenautomaten an, fahren aber
– oh Macht der Gewohnheit – schwarz retour
zur Stadthausstrasse. Als sie zum Einkaufszentrum am Stadtgarten kommen, sitzt eine
bleiche, dünne Gestalt schlotternd im Eingang.
«Wer bist denn du?», fragt das Christkind.
«Ich bin der Advent», antwortet sie mit matter
Stimme. Die vier Freunde umringen die trau-
rige Figur neugierig: «Was, du bist der Advent?», entfährt es dem Julenissen. «Was ist
denn mit dir passiert?» Zitternd und schwach
berichtet der Advent, wie er geschuftet habe,
damit Mitte Oktober alles für den Weih-
nachtsverkauf in den Geschäften bereit war.
Und nun müsse er bis zu Weihnachten lau-
fend für Nachschub sorgen. Tag und Nacht
arbeite er und sei inzwischen völlig ausge-
brannt. «Ein Burnout, versteht ihr?»

Die Plüschtiere nicken betroffen. Dem armen Advent geht es miserabel. «Was können wir für dich tun?», fragt das Christkind. «Verlasst das Einkaufszentrum und nehmt euresgleichen aus allen Kaufhäusern und Geschäften mit in den Eschenbergwald», sagt der Advent. «Nehmt auch mich mit. Alles Weitere erzähle ich euch, wenn wir dort sind.» Und so helfen die vier Freunde dem Advent auf die Beine und schleichen sich mit ihm in ihrer Mitte zurück ins Einkaufszentrum. Es ist stockfinster. Rudolf findet den Lichtschalter und Father Christmas greift zum Mikrofon. Er räuspert sich und setzt zur ersten Durchsage seines Lebens an: «Achtung, Achtung! An alle Weihnachtsfiguren, Christbaumkugeln, Kerzen, Gritibenzen und alle, die mich kennen: Ich überbringe euch eine Nachricht vom Advent. Ihr alle werdet gebeten, das Einkaufszentrum unverzüglich zu verlassen. Bitte benutzt dafür die Seitenausgänge und versammelt euch vor dem Gebäude. Dort wird es weitere Anweisungen geben.»

Auf einen Schlag erwacht das Einkaufszentrum am Stadtgarten zum Leben. Ein Heer von Gritibenzen, Christbaumkugeln, Chlausfitzen und Rentieren springt aus den Regalen und strömt zu den Seitenausgängen. Unten auf der Strasse versammeln sich die Advents- und Weihnachtsprodukte. Father Christmas übernimmt zusammen mit der Schneemaschine die Führung. Dicht gefolgt vom Advent, der vom Christkind und dem Julenissen gestützt wird. Das Schlusslicht macht Rudolf, das Rentier. So ziehen sie vorbei an den Einkaufszentren Neuwiesen, Loki, Archhöfe und den vielen kleinen Geschäften in der Altstadt. Immer breiter wird der Strom der Produkte, der sich durch die nächtlichen Strassen und Gassen von Winterthur schiebt. Die neu gewonnene Freiheit macht die Produkte glücklich und auch ein bisschen übermütig: Die Schneemaschine spuckt fröhlich Schneeflocken, vier Adventskerzen, in der Grösse abgestuft wie Orgelpfeifen, gehen Arm in Arm laut singend durch die Marktgasse und zwei Gritibenzen kuscheln sich eng aneinander und schauen verträumt zum Sternenhimmel hoch. Beim Neumarkt spielt ein Gritibenzchen mit einem Weihnachtskranz Hula Hopp und in der Steinberggasse sitzt das Lametta auf dem Rand der Judbrunnen und lässt sich verzückt die frische Nachtluft durch die Goldfäden fahren. «Kommt hier lang!», ruft Father Christmas und führt die ungewöhnliche Prozession in den Eschenbergwald.

Beim Eschenbergturm endet der Umzug. Die Julenissen suchen Holz und die Christbaumkerzen fachen ein Feuer an. Umringt von den Advents- und Weihnachtsprodukten setzt sich der Advent ans wärmende Feuer. Von einem St. Niklaus aus Plastik erhält er ein Chlaussäckchen, das er hungrig aufisst. Ein blonder Styropor-Engel reicht ihm einen Becher Glühwein. Gestärkt lässt sich der Advent von Father Christmas das Mikrofon geben und beginnt mit den Worten: «Vor langer, langer Zeit lebte in Galiläa die Jungfrau Maria...» Mit ruhiger Stimme erzählt der Advent den Weihnachtsprodukten, die erst wenige Wochen und Monate alt sind und aus den Fabrikhallen aller Herren Länder stammen, die Weihnachtsgeschichte.

Als der Advent fertig ist, hört man im Eschenbergwald nur das Rauschen in den Tannen und das Knistern des Feuers. Die Schneemaschine wischt sich verstohlen eine Schneeflocke aus den Augen. Selbst die vier Adventskerzen schweigen gerührt. «Die Vorbereitung auf die Geburt Christi, den uns Gott zur Erlösung auf die Welt geschickt hat, das ist der Sinn des Advents», sagt der Advent. «Ihr könnt alle nichts dafür, aber ihr lenkt die Menschen von der wahren Bedeutung von Advent und von Weihnachten ab. Ich selbst habe bisher dafür gesorgt, dass ihr die Geschäfte füllt und in der Weihnachtszeit für die Menschen in den Regalen der Einkaufshäuser bereit standet. Aber das war ein Fehler. Die Menschen haben vergessen, was sie im Advent überhaupt feiern, ihr steht frustriert in den Regalen und ich bin völlig erschöpft von der Schufterei. Die Menschen müssen wieder ohne euch auskommen, damit sie den wahren Sinn des Advents wieder erkennen können.» Da fragt Rentier Rudolf verzweifelt in die Stille: «Aber was können wir denn tun?» Der Advent nickt Rudolf zu: «Daher habe ich eine grosse Bitte an euch: Kehrt nicht in die Geschäfte zurück. Bleibt hier im Wald und haltet euch bis nach Weihnachten versteckt.»

Ein Raunen geht durch die Menge der Weihnachtsprodukte. Die Bitte des Advents ist für sie ein Geschenk. Denn was gibt es Schöneres als ein freies Leben im Wald? Und so kommt es, dass diesen Advent noch mehr seltsame Gestalten den Eschenbergwald bevölkern. Die Gritibenzen haben sich mit den Lebkuchen-Nikolausen angefreundet. Die Kerzen und Kugeln baumeln fröhlich in den Tannen und der mit Gold- und Glasglocken behängte Eschenbergturm wird gerne von Engeln als Abflugrampe genutzt. Jeden Morgen baden die Adventskränze im Fluss Töss und am Abend trifft man sich am Lagerfeuer beim Eschenbergturm. Die Weihnachtsprodukte sind glücklich und frei. Es herrscht Friede im Eschenbergwald. Der Advent erholt sich langsam von seinem Burnout und erzählt den Weihnachtsprodukten die Weihnachtsgeschichte, so oft sie sie hören wollen. Seine interessiertesten Zuhörer aber sind die vier Plüschtiere, Father Christmas, das Christkind, der Julenisse und Rudolf, das Rentier. Sie werden nicht müde, dem Advent ihre Fragen zu stellen, die er geduldig beantwortet. «Nein, die Weihnacht und ich sind kein Paar», schmunzelt er, «aber wir lieben uns sehr und wir gehören zusammen.» Dem Christkind und Father Christmas erklärt er, dass vor Gott alle gleich sind und dass alle Lebewesen Geschenke verteilen dürfen.

Hin und wieder fahren der Advent und seine vier Freunde inkognito mit dem Bus an die Stadthausstrasse. Damit sie bei einer möglichen Fahrscheinkontrolle nicht auffliegen, lösen die fünf neu sogar Billette. Es scheint ihnen, dass die Menschen in der Stadt weniger gehetzt durch die Strassen gehen. Sie bleiben auch mal stehen und wechseln ein paar Worte miteinander. Die Einkaufstaschen sind mit Lebensmitteln gefüllt und quellen nicht mit weihnächtlichem Tand über. Neulich sind der Advent und seine Freunde dem vierjährigen Kevin und seiner Mama begegnet. Kevin streichelte einen Hund, ein Spitz namens Galli, und seine Mutter liess ihn geduldig gewähren. «Nächstes Jahr», sagt der Advent zu seinen Freunden, «wenn ich wieder ganz bei Kräften bin, werden wir auch den Menschen wieder die Weihnachtsgeschichte erzählen.»

11

Selfchen

Es war mal eine Elf,
die machte gerne Self-
ies. Diese schickt' sie dann
an den Weihnachtsmann.

12

Der erste Schnee

Es hat zu schneien begonnen. Zuerst hat sie es gar nicht bemerkt, als sie am Abend dabei gewesen war, die randvolle Schublade ihrer Wohnzimmerkommode seufzend nach ihrem kleinen Adressbüchlein zu durchforsten.

Aber nun spürt sie, dass sich irgendetwas verändert hat. Sie hebt den Kopf und lauscht. Sie ahnt es mehr als dass sie es hört: Die Geräusche, die von der Straße heraufdringen, haben eine andere Klangfarbe bekommen. Mit raschen Schritten geht sie zum Fenster hinüber, kann jedoch in der Dunkelheit so schnell nichts erkennen. Also läuft sie zum Schalter, macht das Licht aus und kehrt zurück zum Fenster. Und da sieht sie es: Es schneit! Dicke Flocken fallen sacht, aber stetig vom Himmel, den die Stadt orangefarben erhellt. Der Weg vor ihrem Haus ist schon vollständig unter einer weißen Schneedecke verschwunden.

Ihr Herz schlägt vor Freude schneller. Es schneit. Zum ersten Mal in diesem Winter!

Auf einmal hat sie es eilig, hinaus zu kommen. Im Flur schlüpft sie in das neue Paar

Stiefel, das sie sich gestern gekauft hat, greift nach Jacke und Handschuhen, die sie sich auf dem Weg die Treppe hinunter anzieht. Sie öffnet die Tür und – Ruhe empfängt sie. Diese ganz besondere Ruhe, wenn Schnee am Abend fällt und alle Geräusche in Watte packt. Sie atmet tief die frische Schneeluft ein und hält ihr Gesicht den Flocken entgegen. Ein Kristall nach dem anderen trifft auf ihre warme Haut und schmilzt gleich im nächsten Augenblick.

Dann betritt sie den Weg zur Gartenpforte und genießt das Geräusch der Schuhe im Schnee. Es knirscht wunderbar bei jedem Einsinken in die weiße Pracht.

Die Tanne, die die Nachbarn in ihrem Vorgarten zu Beginn der Adventszeit mit einer Lichterkette geschmückt haben, wirkt nun richtig weihnachtlich in ihrem weißen Kleid.

Als sie zur Gartentür hinausgeht, entdeckt sie die Spuren eines anderen Fußgängers auf dem Bürgersteig. Sie schwenkt den Blick nach rechts und links, doch er ist nicht mehr zu sehen. Der Schnee hebt die Zeit auf, denkt sie. Dieser Mensch ist zwar nicht mehr hier, aber seine Schritte kann ich noch immer sehen. Was er wohl gefühlt haben mag bei seinem Gang durch den Schnee?

Sie folgt den Spuren bis zur nächsten Straßenecke, geht dann aber geradeaus weiter zum kleinen Wäldchen am Ende der Siedlung. Sie ist allein. Nun bleibt sie stehen. Atmet wieder tief ein und genießt den Duft des Schnees.

Auf einmal merkt sie, dass sie begonnen hat, ein Lied zu summen. Sie lächelt und singt leise den Text: Stille Nacht, Heilige Nacht, Alles schläft, einsam wacht nur das traute hochheilige Paar.

Sie streckt ihre Hand aus und lässt eine Schneeflocke nach der anderen auf ihrem Wollhandschuh landen.

13

Heilige Scheisse

Jorge lehnte sich zufrieden in seinem Stuhl zurück. Das Weihnachtsessen seiner Firma war dieses Jahr üppig ausgefallen und auch der Wein war reichlich geflossen. Auf die Vorspeise mit Avocado und Crevetten war eine grosszügige Hauptspeise mit zartem Kalbsfleisch an einer exotischen Sauce gefolgt, die vom Nachtisch mit in Portwein gekochten Feigen noch übertroffen worden war. Jorge schaute auf die Uhr. Es war schon kurz vor elf. Er stand auf und verabschiedete sich so innig von seinen Kollegen, wie das nur nach einem üppigen Essen und schwerem Wein möglich war. Es waren eben doch nette Jungs, mit denen er zusammenarbeitete. Jorge wusste gar nicht mehr, warum er sich im Alltag über den Einen oder Anderen aufgeregt hatte. Das war doch alles unwichtig, es war Weihnachten, er hatte gut gegessen und getrunken und die Welt war schön.

Jorge trat in die kalte Dezembernacht hinaus. Die Luft war kühl und es tat gut, sich nach dem üppigen Essen die Beine zu vertreten. Auf seinem Heimweg wankte er durch die weihnachtlich beleuchteten Gassen und trällerte vor sich hin. Ab und zu blieb er vor einem der erleuchteten Schaufenster stehen und sah sich die Auslagen an. Da fühlte er plötzlich ein Blubbern im Bauch, gefolgt von einem leichten Ziehen. Jorge ging weiter. Doch in seinen Gedärmen begann es immer mehr zu rumoren. Er müsste mal richtig… Jorge überlegte, wo er auf Toilette gehen konnte. Er gehörte nicht zu den Männern, die achtlos irgendwo in eine Ecke pinkelten, geschweige denn ihr «grosses Geschäft» öffentlich verrichteten. Zielstrebig ging er zum Bahnhof. Dort würde er bei McClean eine Toilette finden. Als er endlich dort ankam, musste er feststellen, dass er seine Geldbörse nicht dabei hatte. Wie konnte das nur passieren! Zwei Franken, die er nicht hatte, und eine Eisenschranke trennten ihn von seiner Erlösung. Jorge stöhnte laut. Er hätte diesen Nachtisch nicht essen sollen. Inzwischen war seine Not noch grösser geworden. Fieberhaft überlegte er sich die Alternativen. Ohne Geldbörse war er auf eine Gratistoilette angewiesen. Früher konnte man sich noch bei McDonalds reinschleichen und dort aufs Klo gehen. Doch inzwischen hatten auch die einen PIN-Code, ohne den man nicht in die Toiletten kam und der nur den zahlenden Kunden verraten wurde. Die Warenhäuser waren längst geschlossen. Auch die öffentlichen Toiletten, die Jorge kannte, funktionierten mit Münzautomaten. In seiner Not beschloss er, in einem Restaurant zu fragen, ob er nicht einfach schnell die Toilette benutzen dürfe. Der Kellner im «Bären» schüttelte den Kopf: «Tut mir leid, unsere Toiletten sind nur für Gäste.» Beim «Wilden Mann» hiess es, die Toiletten dürften von Nicht-Kunden nur gegen Bezahlung benutzt werden. Auch beim «Schwanen» erging es ihm nicht anders und in der «Krone» waren sie gerade am Schliessen und hatten die Toiletten schon gereinigt. Jorge konnte fast nicht mehr gehen. Inzwischen hatte er den Stadtrand erreicht. Da fand er am Wegesrand ein altes Bauerngehöft mit einem Stall an der Seite. Jorge ging um den Stall herum, mit letzter Kraft schaffte er es bis zur Rückseite, knüpfte seine Hose auf und erleichterte sich ... Erst als er sich mit einer Handvoll Gras gereinigt und seine Hose wieder zugeknüpft hatte, sah er, dass im Stall Licht brannte. Er ging um das Gebäude herum und spähte durch einen Spalt im Tor. Ein Mann und eine Frau standen bei einer Futterkrippe. Die Frau hielt ein Neugeborenes in den Armen. Ein Ochse und ein Esel standen dabei. Die Szene hatte etwas Friedliches – und Vertrautes. Jorge kniff sich in den Arm. Waren das etwa Maria, Josef und das Jesuskind? Das konnte doch nicht wahr sein. Heilige Scheisse, hätte er doch nur nicht so viel getrunken!

Aus Wikipedia

Ein **Caganer** ([kəɣəˈne], katalanisch für *Scheißer*) ist eine eigenwillige Krippenfigur aus dem Katalanischen Kulturkreis. Sie stellt eine Person mit heruntergelassenen Hosen dar, die sich im Umfeld der Geburt Jesu erleichtert. Der Ursprung dieser Tradition wird im 17. Jahrhundert vermutet. […] Üblicherweise wird der Caganer unauffällig und abseits des Stalls mit der Heiligen Familie positioniert. Der Grund, eine Figur, die offensichtlich ihren Darm entleert, in eine «heilige» Szenerie aufzunehmen, ist nicht bekannt. Es wird allerdings vermutet, dass das Männchen mit den heruntergelassenen Hosen ein Sinnbild für den Kreislauf der Natur darstellt. Er düngt die Erde und lässt eine gute Ernte für das kommende Jahr erwarten. Außerdem sieht man im *Caganer* ein Symbol für einen gesunden und ausgeglichenen Körper. […] Selbst die spanische Katholische Kirche akzeptiert die Anwesenheit des *Caganer* bei der Geburt Jesu als Glücksbringer.

CK

14

Zünde eine Kerze an

Nimm dir eine Kerze. Eine neue, eine halb heruntergebrannte, eine große, kleine, dicke oder dünne, bunte oder weiße. Wie sie aussieht, ist ganz egal. Und nun hol dir ein Päckchen Streichhölzer. Setz dich irgendwohin, wo du die Kerze im Blick haben kannst. Stelle sie aufs Fensterbrett und mach es dir in deinem Sessel davor gemütlich. Oder setz dich auf einen Stuhl und platziere sie auf dem Küchen- oder Esstisch. Mach keine Musik an, keinen Fernseher. Sei für dich.

Jetzt schiebst du die kleine Pappschachtel auf und nimmst ein Streichholz heraus. Du führst es mit sanftem Druck über die Reibefläche, hörst das Knacken und dann das leise kurze Rauschen, wenn sich der Zündkopf entzündet und das Holz zum Brennen bringt. Und nun führst du die kleine Flamme zum Kerzendocht, wartest, bis die Kerze brennt, und pustest das Streichholz aus. Was für ein Duft!

Schnell fängt das Wachs unterhalb des Dochtes an zu schmelzen, ein kleiner See, der das warme Licht spiegelt. Wie ein Segel wirkt die Kerzenflamme auf dem schwarzen Docht, sie wabert und flackert, verändert ihre Helligkeit, wird größer und kleiner. Vielleicht rußt sie auch immer wieder einmal. Bleibt nie gleich. Sie erzählt ihre eigene Geschichte von Licht und Dunkelheit, Hitze und Kälte. Du spürst ihre Wärme, wenn du deine Hände näherst. Schließ die Augen. Der Duft von geschmolzenem Wachs erreicht deine Nase, denn der See unterhalb des Dochtes ist größer geworden. Siehst du die Kerze vor deinem inneren Auge?

Mit der Zeit beruhigt sich die Flamme, und auch du kommst zur Ruhe, während du das warme Licht genießt.

15

In guter Gesellschaft

«Ja … mhm … mhm, verstehe … Dann gib auf dich Acht. Kopf hoch und – trotzdem frohe Weihnachten», Madeleine legte den Telefonhörer auf und stiess einen Seufzer aus. Mit hängenden Schultern schlurfte sie in die Küche, starrte einen Moment lang ausdruckslos auf die Kühlschranktüre und versetzte dieser dann plötzlich einen heftigen Tritt: «Scheisse!» Auf ihre sogenannten Freundinnen war einfach kein Verlass. Obwohl Madeleine das ganze Tamtam von Friede, Freude und Familie an Weihnachten verachtete und sich mit ihrer Situation als Single ganz gut arrangiert hatte, wollte auch sie an Heiligabend nicht gerne allein sein. Darum hatte sie drei Freundinnen zu einer Single-Weihnachtsfeier eingeladen. Allerdings war die Einladung völlig in die Hose gegangen. Bereits Anfang Dezember rief Sandra an: «Du, es tut mir total leid, aber mein Ex aus Quito hat sich für Weihnachten angemeldet und da wollen wir die Gelegenheit nutzen und zusammen für ein paar Tage in die Berge fahren. Macht es dir was aus, wenn ich nicht dabei bin?» Madeleine hatte geseufzt. Ging das schon wieder los mit diesem Typen?

Aber was hätte sie sagen sollen: «Nein, ich will, dass du mit mir feierst»? Egal, Sandra war schon immer unzuverlässig und zum Glück waren da ja noch Nicole und Monika. Doch schon zwei Wochen später meldete sich Monika. Sie könne vom Geschäft nun doch frei nehmen über die Festtage und würde gerne ein Trekking in Marokko machen. «Es tut mir furchtbar leid, Madeleine, aber diese Chance muss ich packen», hatte sie gesagt. Und heute, am 24. Dezember, hatte also auch Nicole abgesagt. Sie sei psychisch nicht in der Verfassung, um rauszugehen. Anfangs hatte Madeleine noch versucht, die Freundin umzustimmen, doch klang Nicole so deprimiert, dass sie es irgendwann aufgab.

Nun war es zu spät, sich so kurzfristig noch irgendwo bei einer Feier anzuschliessen oder andere Leute einzuladen. Madeleine beschloss, die Single-Feier solo durchzuziehen. Was blieb ihr schliesslich anderes übrig? Ein leckeres Essen konnte sie auch für sich allein zubereiten und hinterher würde sie sich am Fernseher eine dieser Schnulzen ansehen, die jede Weihnachten über den Bildschirm liefen: «Sissi», «Die Trapp-Familie» oder «Tatsächlich Liebe».

Madeleine hatte für das Weihnachtsmenü Ziegenkäse, Kichererbsen, Knoblauch, Zitronen und Peperoni* gekauft und begann nun mit der Zubereitung eines libanesischen Fladenbrots und drei verschiedener Mezze-Pasten. Schliesslich hatte sich die Weihnachtsgeschichte in einer Gegend ereignet, in der man viel wahrscheinlicher Fladenbrot und würzige Pasten ass als Fondue Chinoise oder Truthahn. Während die Peperoni im Ofen buken und der Dampfkochtopf mit den Kichererbsen vor sich hin zischte, öffnete Madeleine das Gewürzschränkchen und schaute sich suchend nach dem Kreuzkümmel um. Ihre Hand fuhr nach oben und schob den getrockneten Rosmarin beiseite, da hörte sie eine pelzige Stimme, die «Kaalt!» rief. Madeleine hielt inne und lauschte angespannt in die Stille. Schweigen. Sie musste sich getäuscht haben. Madeleine hatte sich zum Aperitif ein Glas Wein gegönnt, da hatte ihr ihre Fantasie wohl einen Streich gespielt. Wieder hob sie die Hand und griff auf der linken Seite des Schränkchens hinein: «Wäääärmer!», rief da die gleiche Stimme. Diesmal war auch ein leises Glucksen zu hören. Mit einer raschen Bewegung zog Madeleine die Hand zurück und schlug die Türe des Schränkchens zu. Ihr Herz raste wie wild. Madeleine lief es in der Tat kalt den Rücken hinunter. Wer sprach da? Und wer spielte mit ihr dieses Kinderspiel? Wer wusste, was sie suchte? Madeleine war das unheimlich. Doch ihre Neugier siegte schliesslich über ihre Angst. Sie öffnete das Schränkchen erneut und griff zielstrebig hinein. «Heiss!», rief nun die Stimme laut und Madeleine hielt endlich das Gläschen mit dem Kreuzkümmel in der Hand. «Wurde aber auch Zeit, Madeleine», sagte die Stimme jetzt. Madeleine stand sprachlos da. Wer immer das war, kannte sogar ihren Namen. Madeleine schaute ins Schränkchen. Niemand da. «Hier oben bin ich!», jauchzte die Stimme, «in der Ecke neben dem Zimt.» Madeleine stellte sich auf die Zehenspitzen und sah plötzlich eine winzige Küchenmotte, die unmittelbar über den Gläschen mit den Gewürzen flatterte. «Da staunst du, was?», sagte die Motte. «Wir Tiere können in der Heiligen Nacht sprechen. Wusstest du das nicht?» Madeleine hatte früher in der Sonntagsschule mal von diesem Wunder gehört, jedoch nie daran geglaubt. Dennoch schien ihr die Erklärung angenehmer als der Gedanke, den Verstand verloren zu haben. Sie fasste sich langsam und fand schliesslich ihre Sprache wieder: «Wer bist du? Warum kennst du meinen Namen?» «Ich bin die Küchenmotte Käthi und wohne hier. Da ist es doch klar, dass ich weiss, wie du heisst und dass du für diese Mezze-Pasten Kreuzkümmel brauchst: Den suchst du übrigens jedes Mal. Warum stellst du ihn nicht immer an den gleichen Ort zurück?» Bevor Madeleine zu einer Antwort ansetzen konnte, vernahm sie hinter sich noch eine Stimme: «Hallo, was macht ihr denn da?» Die Stimme kam vom Küchenboden her und gehörte einer langbeinigen Spinne, die sich Madeleine zielstrebig näherte. Madeleine hatte keine Angst vor Spinnen, musste dem Reflex jedoch widerstehen, zurückzuweichen. Noch schwerer fiel ihr das beim Anblick einer Schabe, die darauf laut schmatzend unter dem Kochherd hervorkroch. Die drei Insekten begrüssten sich lautstark und redeten wild durcheinander, bis der Küchen-Timer das Ende der Garzeit für die Kichererbsen ankündigte und durch sein schrilles Läuten alle zum Schweigen brachte. Madeleine pürierte die Kichererbsen, gab Tahini-Sauce hinzu und würzte die Paste. «Essen ist fertig», sagte sie schliesslich mehr zu sich selbst als zu den Insekten. «Sollen wir dir Gesellschaft leisten?», fragte die Schabe, die sich als Sharon vorgestellt hatte. Madeleine fühlte sich wie im falschen Film. Die drei Insekten waren nicht gerade Appetit anregend, andererseits war sie froh um Gesellschaft. «Bitte», sie zuckte mit den Schultern, «wenn ihr wollt.» Das liessen sich die Insekten nicht zweimal sagen. Sie krabbelten und flatterten hinter ihr her, als sie ihr Gedeck und die Mezze-Pasten auftrug. Madeleine kehrte zurück in die Küche, nahm das duftende Fladenbrot aus dem Ofen und setzte sich dann an den Esstisch im Wohnzimmer. Da sassen die drei Insekten schon auf ihrem Tellerrand. Madeleine räusperte sich: «Das ist mir zu nah, bitte setzt euch da drüben hin», und zeigte auf den leeren Platz vis-à-vis.

Die Zitterspinne Silas, Käthi, die Küchenmotte, und Sharon, die Schabe, beobachteten aufmerksam, wie sich Madeleine den Teller vollschöpfte, und riefen wie aus einem Munde: «Guten Appetit!» «Kriegen wir denn nichts?», fragte Sharon, als Madeleine zu essen begann. Madeleine hielt verdutzt inne, dann stand sie auf, holte den Kreuzkümmel in der Küche und stellt das offene Gläschen auf den Platz vis-à-vis. Während die vier assen, kamen sie ins Gespräch. «Sag mal, Madeleine. Warum ist eine attraktive Frau wie du eigentlich Single?» Die Frage kam von Käthi. Madeleine hörte sie nicht zum ersten Mal, und sie hasste sie. Denn diese Frage war im Grunde ein in ein Kompliment verpackter Vorwurf. Wenn eine Frau nämlich attraktiv und trotzdem Single war, dann stimmte etwas nicht mit ihr. Dann hatte sie zu hohe Ansprüche, einen schwierigen Charakter oder sie war frigide. Und eine Single-Frau war per Definition frustriert und unglücklich. Madeleine tat, was sie immer tat, wenn man ihr diese Frage stellte: Sie schwieg und verdrehte die Augen. «Ehrlich, das interessiert mich! Ich wollte dir nicht zu nahe treten», sagte Käthi. «Die meisten Menschen leben doch zu zweit oder in Familien. Du bist doch in der, äh, wie sagt man das, Reproduktionsphase deines Lebens. Warum hast du denn niemanden?» Madeleine erhob sich abrupt und holte eine Serviette in der Küche. «Ich weiss es nicht, ehrlich!», rief sie über die Schulter. «Das ist wirklich seltsam», murmelte die Spinne und kratzte sich mit einem ihrer Beine an einem anderen. «Willst du denn keinen Mann?» wollte Silas wissen, als Madeleine wieder an den Tisch zurückkehrte. Diese überlegte einen Moment und sagte dann gedehnt: «Doch, schon. Aber bis jetzt hat es halt einfach nicht gepasst.» «Nicht gepasst? Was soll denn da nicht passen? Ihr braucht es ja nur miteinander zu machen, da muss nichts passen.» Käthi und Sharon kicherten wie zwei Teenager. «Bei uns Menschen ist das eben etwas komplizierter als bei euch», antwortete Madeleine patzig und griff ins Körbchen mit dem Fladenbrot. «Allerdings», murmelte Silas. «Aber weisst du was? Wir könnten dir helfen, einen Mann zu finden.» Madeleine schnaubte verächtlich. «Was – ihr? Ich weiss nicht, ob ich mich auf euer gutes Urteil verlassen will. Und überhaupt: Wie wollt ihr das denn anstellen?» «Lass uns nur machen», sagte Silas und wechselte erst einen vielsagenden Blick mit Sharon und Käthi – und dann das Thema.

Es wurde eine lange Heilige Nacht. Madeleine und die Insekten sprachen über die Unordnung in Madeleines Küche, die Lebensmittel in den Schränken, das Essen auf dem Tisch und über Gott und die Welt. Irgendwann zwischen Madeleines Nachtisch und Kaffee kam das Thema nochmals auf Beziehungen und Nachwuchs. Madeleine wollte von den Insekten wissen, warum sie sich so zahlreich vermehrten. «Das ist unsere Überlebensstrategie», sagte Käthi. «Wir wissen nicht, warum, aber ihr Menschen ekelt euch vor uns.» Madeleine schaute die drei haarigen, pelzigen und krabbelnden Winzlinge auf ihrem Esstisch an und fühlte sich ertappt. Wieso fand sie die drei eigentlich so widerlich? «Ihr Menschen versucht uns mit allen Mitteln zu vernichten», fuhr Käthi fort, «sei es mit Gift, Fliegenklatschen oder Insektenfallen. Niemand will uns haben, dabei nehmen wir in einer Welt des Überflusses nur das, was wir zum Leben brauchen. Viele Menschen wissen ja nicht einmal mehr, was sie in ihren Schränken haben. Aber sie töten uns lieber, als ihre abgelaufenen Vorräte mit uns zu teilen. Sie glauben, wir hätten kein Recht zu leben. Und so leben wir in ständiger Angst.» Diese Sicht der Dinge berührte Madeleine und stimmte sie nachdenklich. Noch nie in ihrem Leben hatte sie sich mit den Sorgen und Nöten von sogenannten Schädlingen auseinandergesetzt. Wozu auch? Diese Lebewesen waren für die Menschen schliesslich zu nichts Nütze. Und sie hatten – ausser in dieser Heiligen Nacht – auch keine Stimme. Wie Madeleine im weiteren Verlauf des Gesprächs erfuhr, vermehrten sich die Insekten auch so zahlreich, weil ihre Lebensdauer ausgesprochen kurz war. Von Sharon würde sie an den kommenden Weihnachten im besten Fall ihre Kinder kennenlernen. Einzig Silas könnte nächstes Jahr noch leben.

Als der Morgen anbrach, verstummten die Insekten. Sie flogen und krabbelten davon, nachdem sie Madeleine das Versprechen abgenommen hatten, sie und ihresgleichen nicht zu jagen oder zu töten. Madeleine hatte zugestimmt unter der Bedingung, dass sie sich nur an bestimmten Plätzen aufhielten. Käthi und Sharon mussten in eine Abstellkammer umziehen, in die Madeleine etwas Mehl und Gewürze bringen würde. Silas hatte sein neues Refugium im Keller erhalten.

In den darauf folgenden Monaten lernte Madeleine kurz hintereinander mehrere Männer kennen. Der erste, Stefan, sprach Madeleine an einem Morgen beim Joggen direkt vor ihrem Haus an. Er war attraktiv und Madeleine liess sich von ihm zum Essen einladen. Doch als er ihr bei diesem ersten Date etwas zaghaft von seiner Arbeit erzählte, war die Sache für Madeleine schon gelaufen. Stefan war Kammerjäger. Madeleine dachte an ihre Tischgesellschaft vom vergangenen Heiligen

Abend. Obwohl sie Insekten nach wie vor nicht schön fand, konnte sie sich nicht vorstellen, mit einem Mann zusammen zu sein, der diese von Berufes wegen massenweise vernichtete. Der zweite Mann, den Madeleine kurz darauf kennenlernte, hiess Peter. Madeleine traf ihn an einem Fest von ihrer Single-Freundin Monika. Peter hatte diesen schwarzen britischen Humor, den Madeleine so liebte. Zudem war er intelligent und sexy. Peter war Kriminalbiologe. Wenn er ihr davon erzählte, wie Maden, Fliegen oder Schaben ihm Hinweise über das Ableben von Menschen lieferten und Rückschlüsse auf die Todesursache ermöglichten, erinnerte sich Madeleine an ihre Weihnachtsinsekten. Offensichtlich waren sie ja doch zu etwas Nütze. Ausserdem schien es Madeleine kein Zufall mehr zu sein, dass Peter schon der zweite Mann war, der ihr über den Weg lief und etwas mit Insekten zu tun hatte. Wie auch immer mussten ihre Weihnachtsinsekten damit zu tun gehabt haben. Leider waren Peter seine Insekten und seine Arbeit wichtiger als Madeleine, sodass die Beziehung schon nach kurzer Zeit in die Brüche ging. Doch schliesslich, im Herbst, da lernte Madeleine Bruno kennen. Die beiden begegne-

ten sich im Einkaufszentrum vor dem Honig-
regal. Bruno hatte sie angesprochen und bei
der Wahl des Honigs beraten. Er sei Imker. Da
war sich Madeleine sicher, dass ihr ihre Weihnachtsinsekten auch diesen dritten Mann geschickt hatten. Bruno war nicht nur attraktiv,
intelligent und humorvoll. Er war auch
warmherzig und fürsorglich – und Bruno
passte einfach zu Madeleine.

In jenem Herbst dachte Madeleine noch oft
an die Heilige Nacht, die sie mit den drei Insekten verbracht hatte. Sie fragte sich, ob
Käthis Nachkommen auch so neugierig waren
wie sie und ob Silas noch lebte. Und sie wun-
derte sich, wie es die drei angestellt hatten,
dass sie Stefan, Peter und schliesslich ihren
Bruno kennengelernt hatte. Doch dieses Geheimnis würde sich erst am nächsten Heiligen
Abend lüften, wenn die Tiere wieder sprechen
würden.

*Peperoni heissen in Deutschland «Paprika».

16

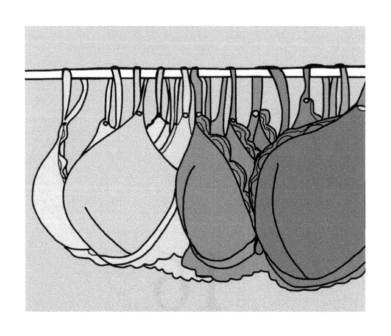

Ein Mann kauft ein

W ie teuer ist dieser BH?!

E cht?

I ch überleg's mir noch mal…

H aben Sie vielleicht was Preiswerteres?

N ein, nicht im Sinne von billig.

A ber natürlich möchte ich meiner Frau etwas Schönes kaufen!

C oder A oder B? Keine Ahnung….

H aben Sie keine Einheitsgrößen? – Schwierig?

T ja, ich weiß nicht so recht. Vielleicht kauf ich was anderes. Aber was?

E in Gutschein? Ja, wunderbare Idee. Packen Sie ihn mir schön ein?

N a, sieht doch gut aus! Frohe Weihnachten!

17

Das Geschenk

Man schrieb das Jahr 2016. Es war Dezember und es lag kein Schnee. Es war nicht einmal kalt, dafür grau. Der 10er Bus von Bern nach Ostermundigen transportierte Passagiere aller Nationen – und er war immer voll, mehr als voll. Er zog unter den Platanen der Bernstrasse vorbei und an der Friedhofsmauer entlang. Dem Friedhof fehlte ein «L», wie Engel Michael fand, als er den Namen der Haltestelle auf dem Display vorne im Bus las: Schosshaldenfriedhof. «Müsste es nicht ‹Schlosshaldenfriedhof› heissen?», fragte sich Michael. Doch da erklang auch schon die Lautsprecheransage der Haltestelle, die das Wort ohne «L» aussprach. Seltsam. Der Bus fuhr wieder an und passierte zuerst das Swisscom-Hochhaus und dann das Ortsschild von Ostermundigen. Michael dachte an seine weihnachtliche Mission, die er noch heute zu erfüllen hatte. Er musste herausfinden, was die Berner Agglomerationsgemeinde am dringendsten brauchte. Dies würde er dem Dorf dann zu Weihnachten schenken. Das klang einfach. Schliesslich mangelte es überall an etwas, da war Ostermundigen bestimmt keine Ausnahme. Beim

Bahnhof stieg Michael aus und machte sich zu Fuss auf den Weg durchs Dorf. Er fand ein Freibad, eine Feuerwehr, ein Fitness-Zentrum, eine Kletterhalle und sogar eine Gelateria. Den Ostermundigern schien es auf den ersten Blick an nichts zu fehlen. Allerdings fand Michael, dass es dem Dorf an einem Zentrum mangelte. Ab und zu häuften sich die Geschäfte an der Bernstrasse, aber einen richtigen Dorfkern schien es nicht zu geben. Schon freute sich Michael über den entdeckten Mangel, da kam ihm in den Sinn, dass die Ostermundiger ja neulich abgestimmt hatten und bald ein Zentrum beim Bären erhalten würden. Somit gab es in dieser Sache für Michael also keinen Handlungsbedarf. «Zu dumm», dachte er und ging weiter. Auf seinem Weg durch das Dorf passierten ihn Dutzende 10er-Busse. Alle waren voll. Michael fragte sich, ob die Ostermundiger mit einem Tram nicht besser bedient wären als mit einem Bus. Ein Tram konnte mehr Menschen transportieren und machte weniger Lärm. Schon freute er sich über den entdeckten Mangel und seinen Lösungsansatz, da kam ihm in den Sinn, dass auch darüber neulich eine Abstimmung stattgefunden hatte. Wenn alles gut ging, würde

Ostermundigen bald ein Tram erhalten. «Mist», dachte Michael, «wieder nichts! Diesem Dorf geht es einfach zu gut.» Es war inzwischen spät geworden und noch immer hatte der Engel keinen wahren Mangel entdeckt. Er setzte sich wieder in einen der vielen 10er-Busse und fuhr durch das lange Dorf zurück Richtung Bern, um sich nochmals einen Überblick zu verschaffen. Vielleicht hatte er ja etwas übersehen. Da fiel ihm auf, dass das Hochhaus ja auf Berner Boden stand. Ja klar, Ostermundigen fehlte ein Hochhaus! Doch nein, auch darüber hatten die Stimmbürgerinnen und Stimmbürger schon abgestimmt. Sie würden mit dem geplanten Zentrum Bären ein eigenes Hochhaus erhalten. «Herrgott nochmal, diesen Ostermundigern fehlt es aber auch an gar nichts!», Michael wusste nicht mehr weiter. Er schaute auf die Uhr. Es war schon 22 Uhr und er durfte nicht unverrichteter Dinge in den Himmel zurückkehren. Der Bus fuhr am Ortsschild und am Friedhof Schosshalde vorbei. Das mangelnde «L» des Friedhofs schien wirklich das Einzige zu sein, was hier fehlte. Nur zu dumm, dass der Friedhof, wie das Hochhaus, auf Berner Boden lag... Da plötzlich kam Michael der rettende Einfall. Er drückte auf den Halteknopf und stieg bei der Haltestelle Galgenfeld aus. Von dort ging er zu Fuss zurück bis zum Ortsschild zwischen Bern und Ostermundigen. Mit seinen himmlischen Kräften war es für Michael ein Leichtes, das Ortsschild aus dem Beton zu ziehen und wenige hundert Meter weiter – am Anfang des Friedhofs, über der Autobahn – wieder einzupflanzen. Der Friedhof Schosshalde lag somit auf Ostermundiger Boden. Darauf nahm Michael Pinsel und Farbe und flickte ein «L» zwischen «Sch» und «osshalde» auf sämtlichen Wegweisern und Schildern, auf denen der Name des Friedhofs zu lesen war. Ostermundigen hatte nun nicht nur einen Friedhof, der Friedhof hatte auch noch den majestätischen Namen Schlosshalde. Michael war mit seiner Mission zufrieden und kehrte gerade noch rechtzeitig, um fünf vor zwölf, in den Himmel zurück.

18

Weihnachten mit allen Sinnen

Wie duftet Weihnachten?

Nach Zimt, Gewürznelken, Sternanis und nach Orangen. Nach all diesen Zutaten im Glühwein, der dampfend auf dem Herd sein Aroma entfaltet. Nach Butter, im Keksteig im Ofen backend. Nach Tannennadeln und Schnee, wenn er kommen mag. Nach Kerzen, frisch ausgepustet. Nach Marzipanbrot*, wenn man es gerade aus der Alufolie wickelt.

Wie schmeckt Weihnachten?

Nach zu viel Keksen, Marzipan und weißem Glühwein. Nach rotem Glühwein, wenn er gut ist. Nach Küssen unterm Mistelzweig.

Wie sieht Weihnachten aus?

Grün, blau, rot oder gelb – je nachdem, welche Farbe die Christbaumkugel am Baum hat, in der sich der ganze Raum spiegelt. Wie die bläuliche Flamme des Zuckerhuts, der mit Rum übergossen in die Feuerzangenbowle** tropft. Wie Kerzenlicht in der Dunkelheit.

Wie fühlt sich Weihnachten an?

Wie schwitzige Kinderhände, wenn die Bescherung naht. Wie Ölsardinen in der Dose, wenn man sich durch die schmalen Gassen des Weihnachtsmarktes quetscht.

Wie hört sich Weihnachten an?

Kinderlachen, Glockenläuten, wenn man es wahrnimmt, zu viel Weihnachtsmusik in zu vollen Kaufhäusern, hastiges Zerreißen von buntem Geschenkpapier, Streit am ersten Weihnachtstag im Kreise der lieben Familie.

* Marzipanbrot ist ein wie ein Mini-Brotlaib geformtes und mit Schokolade umhülltes Stück Marzipan.

** Feuerzangenbowle: Ein heißer Punsch aus Rotwein, Orangen und Gewürzen. Auf das Punschgefäß wird eine Zange mit einem Zuckerhut gelegt, der mit Rum getränkt und angezündet wird. Der Zucker schmilzt und tropft in den Punsch.

19

Lachen mit Owie

Als Kind habe ich mich immer gefragt, wie der Owie aus dem Lied «Stille Nacht – heilige Nacht» aussieht, der da bei Gottes Sohn steht und lacht.

Es musste sich um ein kleines Wesen handeln, denn ich habe Owie nie zu Gesicht bekommen. Auf Darstellungen der Weihnachtsszene waren jeweils das Jesuskind, Maria, Josef, Ochse und Esel, Hirten und die drei Könige zu sehen. Doch Owie fehlte. Also musste dieser ziemlich klein sein. Auch seine Kleidung war sicherlich unauffällig, sonst hätte man ihn entdeckt. Wie oft habe ich auf Bildern und Darstellungen nach Owie gesucht, doch Owie war wie eine Stecknadel im Stroh.

Dass man Owie lachen hörte, deutet darauf hin, dass sein Lachen im Verhältnis zu seiner Grösse sehr laut war. Aber warum lachte Owie? War doch die Geburt Jesu eine ernste Sache. Maria und Josef waren erschöpft von ihrer langen Reise. Sie hatten nichts und mussten in einem Stall unterkommen, den sie sich mit einem Ochsen und einem Esel teilten. Die Niederkunft eines Babys ist mit grossen

Schmerzen verbunden und war zu jener Zeit so ganz ohne ärztliche Versorgung nicht ohne Risiko. Was gab es denn da laut zu lachen?

Und so kam ich zum Schluss, dass Owies Lachen gar nichts mit der Geburt Jesu zu tun hatte. Der unauffällige Zwerg musste aus irgendeinem anderen Grund zum Lachen gebracht worden sein. Kitzelte ihn etwa ein Strohhalm in der Nase? Vielleicht furzte der Esel, einer der Könige stolperte über den Saum seines Mantels oder ein Hirte machte eine lustige Grimasse. Möglich ist auch, dass das Lachen des Owie mit dem katalanischen Caganer (siehe «13: Heilige Scheisse») zu tun hatte. Bis heute habe ich leider keine Antworten auf diese Fragen erhalten. Franz Gruber, der das Lied «Stille Nacht, heilige Nacht» 1818 geschrieben hat, kann mir leider auch keine Auskunft mehr geben. Darum werden Hinweise zu Owie und seinem Lachen gerne entgegengenommen unter der E-Mail-Adresse ???_owie@weihnachten.com.

20

Give me an Old Fashioned Christmas

Erinnerungen fahren gerne per Anhalter.

Ein ganz bestimmtes Parfum, in der U-Bahn an mir vorbeigeweht, und plötzlich fühle ich, wie das war damals, im Auslandsjahr während des Studiums, als im Wohnheim dieser wunderliche Student, der längst nicht mehr lebt, sich damit täglich einsprühte.

Und dann natürlich Musik, einer der besten Erinnerungsträger überhaupt!

Wenn ich im Geiste die Liste mit Weihnachtsliedern durchgehe, die mir wirklich etwas bedeuten, so sind damit immer auch kleine Rückschauen auf mein bisheriges Leben verbunden.

Meine Schwester und ich hatten eine Schallplatte von Freddy Quinn mit dem für uns Kinder unglaublich aufregenden Titel «Weihnachten auf hoher See». Zur Einstimmung auf das Thema begann die Aufnahme mit sieben oder acht Sekunden Wellenrauschen, sonst nichts. Wir hatten uns für diese Sequenz folgendes Ritual überlegt, dessen Umsetzung uns in der Weihnachtszeit fit hielt:

Im sonst dunklen Zimmer durfte nur der kleine Plastikweihnachtsbaum am Fenster für feierliche Stimmung sorgen und gleichzeitig noch den Plattenspieler daneben beleuchten. Während des Wellenrauschens wurden wir zu versierten Schwimmern und tauchten mit einem beherzten Sprung vom Bett in die Tiefen des Teppichmeeres (und kratzten unsere Knie an den im Winter obligatorischen Wollstrumpfhosen auf).

Nun, liebe Kinder der CD-Generation, gebt fein Acht: Damals hatten wir keine Fernbedienung. Und unser Plattenspieler lief auch nicht vollautomatisch, oh nein! Hier war echte Handarbeit gefragt: Der Tonabnehmer musste mit viel Gefühl auf die Platte gesetzt werden, damit die Nadel keinen Schaden auf dem schwarzen Rund anrichten konnte. Das bedeutete für uns: Im Wechsel musste immer eine von uns gefühlvoll die Platte starten, dann in Höchstgeschwindigkeit quer durchs Zimmer zur anderen aufs Bett hüpfen, von dort in den Teppich tauchen und – schon wieder vorbei! Dann begann der Chor zu singen. Also wieder von vorn: mit ruhiger Hand den Tonabnehmer von der Platte und auf die Platte, Spurt zum Bett und Sprung! Nach einigen Malen ging der

Atem doch etwas schnell, dann gelang es uns nicht, die Nadel souverän an der richtigen Stelle zu platzieren. Darum wie die Biathleten Atem anhalten, nächster Versuch, gut, schnell zum Bett und: SPRUNG!

Unsere Nachbarin unter uns hat sich nie beschwert und uns damit eine wundervolle Weihnachtserinnerung beschert. Danke, Frau Lehmann!

Und dann die ganze Palette deutscher Weihnachtslieder, die wir damals noch zu jeder Tages- und Nachtzeit textsicher schmettern konnten. Das waren noch Zeiten! Meine Freundin und ich sangen damals beide im Chor unserer Grundschule und übten auf unserem Weg mittags nach der Schule Weihnachtslieder, was das Zeug hielt. Nur über eines stolperten wir regelmäßig: Wenn bei «Stille Nacht» der Owie lacht, gab es kein Halten mehr, und wir lachten Tränen bei der Vorstellung, wie dieser Owie denn aussehe. (Ich glaube noch heute, dass er wenig Haare, ein dämliches Grinsen und riesige Schneidezähne hat...) Wir versuchten bei den Chorproben unser Möglichstes, um über diese Klippe zu kommen, sahen uns nicht an – aber oft half nicht einmal das. Nur an diesem einen festen

Termin im Dezember, wenn wir mit dem Chor in einem Pflegeheim durch die Gänge gingen und Weihnachtslieder zum Besten gaben, da lachten wir nicht. Die Patienten lagen da in ihren Betten, viele ohne jede Regung, manche weinten. Das war beklemmend, damals als Kind. Der Tod war auf einmal ganz nah. Und in den Jahren darauf lagen dort sicher immer andere Menschen, aber die Stimmung blieb die gleiche.

Als ich schließlich in die Pubertät kam, hatte ich eine ziemlich melancholische Phase, und dazu passte Frank Sinatras «An Old Fashioned Christmas» besonders gut. Eine Freundin an der Oberschule hatte mir diesen Song auf eine Cassette aufgenommen (die ich übrigens bis heute wie einen Schatz hüte, obwohl ich längst keinen Rekorder mehr besitze). Wenn man dem Weltschmerz anheimfällt und Sinatra singt: «I'd trade that whole Manhattan skyline, the shimmering steel and chrome / For one old fashioned Christmas back home (Geigen-untermalung, schwülstiger Chor und Schluss!)», dann ist das doch wirklich zum Weinen. Auch wenn man erst zarte 17 ist, noch zu Hause wohnt und an den seit der Kindheit gewohnten Weihnachtsfesten kein Mangel herrscht. Aber wer hat behauptet, dass es in der Pubertät logisch zugeht?

A propos süße Jugend: Ich LIEBE «Last Christmas» von Wham!. Ich freue mich jedes Mal, wenn ich es im Radio höre. Wer das Video kennt: Wollten wir nicht alle mit unseren Freunden Weihnachten auf einer verschneiten Hütte in den Bergen verbringen? Eben.

Und dieses hier ist mein bestes Rezept gegen Adventsfrust und Geschenkewahnsinn: «It's the most wonderful time of the year» in der Version von Amy Grant. Mir kann niemand, also wirklich NIEMAND erzählen, dass er oder sie diesen Song hört und sich nicht beschwingt im Dreivierteltakt durch eine heile Weihnachtswunderwelt tanzen sieht. Zumindest für 2 Minuten und 28 Sekunden hat man nur tolle Freunde, einen wunderbaren Partner, beglückende Kinder und alle Geschenke im Sack. Und danach die Option, sich den Song einfach noch einmal anzuhören.

Manchmal hört man auch Musik, die einen nach Riechsalz rufen lässt. Weil sie einfach so schön ist und so unerwartet über einen hereinbricht. So ging es mir 2011 mit Coldplay und «Christmas Lights». Der melancholischen

Phase meiner Jugend nie völlig entwachsen, ist schon das Klavierintro quasi für mich geschrieben. Und wenn Chris Martin singt: «Oh when you're still waiting for the snow to fall / It doesn't really feel like Christmas at all», nimmt einem das doch auch den Druck, in Weihnachtsstimmung sein zu müssen. Abgesehen davon handelt dieser Song von einem Mann, der von seiner Liebsten verlassen wurde und hofft, dass die «Christmas Lights» sie zu ihm zurückbringen. Und Hoffnung und Weihnachten, das gehört zusammen.

Ich danke Udo Jürgens, Peter Alexander und Sting stellvertretend für viele andere, die ich hier nicht erwähnt habe, für stimmungsvolle Weihnachtszeiten und freue mich auf weitere Entdeckungen in den nächsten Jahren.

21

Weihnachtskonzert

Sie singen ein und freuen sich
auf das Konzert im Saal von Brich.
Ganz links der Bass, rechts der Sopran;
der Dirigent vorn leitet an.

Doch nun geht's an die Aufstellung
für diese heut'ge Vorstellung
und vom Sopran bis hin zum Bass
gilt es nun ernst, das ist kein Spass.

Die Eva will nicht vorne steh'n,
der Max kann hinter Karl nichts seh'n.
Neben Otmar riecht's nicht gut,
weil der selten duschen tut.

Die Hilde singt zu falsch und laut,
was Moni das Konzert versaut.
Und Lone hat heut Diarröh,
weshalb sie ganz am Rande steh'.

Zuerst versucht der Dirigent
noch mit Geduld, dann vehement,
die Sänger sinnvoll zu platzier'n,
an der'n Vernunft zu appelier'n.

Doch der Konflikt nimmt seinen Lauf
aus dem Gezänk wird ein Gerauf'.
Mit einer Kopfnuss geht es los,
quittiert von einem groben Stoss.

Die erste Ohrfeig' schon erschallt,
der Otmar auf die Bühne knallt;
auf seinem Kopf 'ne Wunde platzt.
Die Lone tritt und Eva kratzt.

Es fliegt die Faust, die Rippe kracht,
vor Maxens Augen wird es Nacht.
Die Hilde beisst die Moni roh
und Moni zetert: «Mordio!»

Nun greifen auch die Bässe ein,
verprügeln sich im hellen Schein
der Lampen auf der Bühne vorn.
Es herrschen Chaos, Wut und Zorn.

Noch immer tobt der Kampf im Saal,
da geht die Tür vom Westportal.
Herein strömt schon das Publikum,
erblickt die Szene und steht stumm.

Ganz fassungslos fragt Amélie:
«Wo bleibt da bloss die Harmonie?»

22

Ein ganz besonderer 22. Dezember

Für jeden von uns gibt es Ereignisse im Leben, die man wohl niemals vergessen wird. Die Einzelheiten werden mit der Zeit unscharf, aber das Gefühl? Das bleibt.

Für mich war so ein Ereignis der Fall der Mauer. Am 10. November 1989 beschloss unser Abi-Jahrgang morgens mit den Worten Erich Kästners: «Der Unterricht wird zum Lokaltermin!», die Schule im Berliner Süden zu verlassen. Wir fuhren zum Brandenburger Tor, staunten und erlebten Geschichte. Das zu wissen, trieb uns immer wieder Gänsehautschübe über den Rücken.

Am 22. Dezember waren wir wieder am Brandenburger Tor, zur Öffnung des Grenzübergangs für Fußgänger.

Anscheinend hatte es in Strömen geregnet, daran erinnere ich mich nicht mehr. Dafür aber genau daran, wie es sich anfühlte, durch das Brandenburger Tor zu laufen. Ich weiß, dass wir diese Schritte ziemlich feierlich taten. Dieses Tor war für uns bislang unerreichbar gewesen, und plötzlich gingen wir hindurch und konnten es weder glauben noch begreifen.

Wir beschlossen, die Gunst der Stunde zu nutzen und einfach weiterzugehen, nach Ost-Berlin, dem bisher weißen Fleck auf unserer Landkarte.

Wie hatte Reinhard Mey kurze Zeit später gesungen? «Mein ganzes Leben hab ich in der halben Stadt gelebt. Was sag ich jetzt, wo ihr mir auch die andre Hälfte gebt?»

Wir sagten erst einmal gar nichts, zumindest nicht laut. Während wir die Straße Unter den Linden hinunterstolperten ins Zentrum der «andren Hälfte», flüsterten wir nur immer peinlich berührt: «Was ist das jetzt für ein Gebäude? – Und das da?» «Die Botschaft der UdSSR – Die Staatsoper» waren die prompten und leicht irritierten Antworten eines schlauen Kopfes in unserer Expeditionsgruppe.

Im Nachhinein kann ich gar nicht verstehen, warum ich keine Ahnung hatte. Der Fernsehturm – klar! (Den kennt aber auch jeder.) Doch all die anderen Gebäude – wieso wusste ich nichts darüber? In welcher Ignoranz hatte ich diese 18 Jahre in der anderen Hälfte der Stadt verbracht?

Wir folgten ehrfürchtig unserer Expeditionsleitung, die noch nicht einmal ein Fähnchen hochhalten musste, um sich unsere absolute Aufmerksamkeit zu sichern. Schließlich verließen wir Unter den Linden und standen auf einmal vor der St. Hedwigs-Kathedrale, von deren Existenz ich damals – natürlich – überhaupt keinen Schimmer hatte.

Zwei Tage vor Weihnachten verfügen Kirchen vielleicht über eine eigene Anziehungskraft. Wir gingen jedenfalls hinein und bewunderten den großen Kuppelbau und die hohe Fichte, die weihnachtlich geschmückt für uns leuchtete. Die Stadtsafari war bis zu diesem Zeitpunkt eigentlich schon von bester Gedächtniseinbrennqualität gewesen. Aber es kam noch besser: Ein Chor übte für den Gottesdienst am Heiligen Abend. Weihnachtslieder!

Wie soll man diese Herrlichkeit aushalten? Und diese andächtige Stimmung nach dem Trubel an der Mauer? Ich glaube, wir waren alle wie im Rausch. Grinsten dümmlich und hatten kaum Worte.

Unseren Eltern schilderten wir später auf mit Westgeld gekauften Kathedralen-

Postkarten das gerade Erlebte und warfen die Post unfrankiert in den nächsten Briefkasten. (Sie kam übrigens an – das waren noch Zeiten damals).

Schließlich erreichten wir den Bahnhof Friedrichstraße und rundeten diesen Tag mit einer gelungenen Schwarzfahrt zurück in den Westteil der Stadt ab.

Wenn ich heute diese Wege von damals gehe, ist mir alles vertraut. Die Wissenslücken habe ich schnell geschlossen. An der St. Hedwigs-Kathedrale komme ich nicht vorbei, ohne kurz an diesen 22. Dezember 1989 zu denken und daran, wie das damals war: Dieses Wundern, dass das, was gerade geschieht, wirklich geschieht.

23

Ein Engel für Rolf

Es war ein ganz normaler Arbeitstag im Himmlischen Logistikzentrum, kurz: HLZ, und Zeit für die Kaffeepause. Weihnachtsmann Rolf stand beim Haupteingang zur weihnachtlichen Manufaktur, um seinen Freund Stefan abzuholen. Dieser war im hinteren Teil der Holzwerkstatt über ein Schaukelpferd gebeugt und schliff die Kufen ab. Holzstaub lag in der Luft. Entlang den Fenstern sassen die Frauen an ihren Nähmaschinen. Sie nähten und flickten Kleidung für Krippenfiguren, Kostüme für die Mitarbeitenden im Aussendienst und Plüschfiguren. Luisa, eine rundliche Arbeiterin, die ganz vorne sass, zwinkerte Rolf schelmisch zu.

Schon wollte Rolf ohne Stefan in die Cafeteria vorgehen, da kam CEO Nikolai in Begleitung einer wunderschönen Frau in die weihnachtliche Manufaktur. Was für eine Erscheinung! Die Frau war jung und elegant. Blonde Locken umspielten ihr engelhaftes Gesicht, während sie sich angeregt mit CEO Nikolai unterhielt. Rolf schaute und schaute, bis ihm sein Freund Stefan den Ellbogen in die Rippen stiess. «Psst, mach den Mund wieder zu, Kumpel. Zeit für unseren Kaffee!» Rolf grinste verlegen und folgte Stefan in die Cafeteria. «Weisst du, wer das eben war?», fragte er seinen Freund, als sie an ihrem Stammplatz am Fenster sassen. «Meinst du diese Neue, Blonde?» Die Frage kam von Markus vom Personaldienst, der am Nachbarstisch sass. Rolf nickte. «Habt ihr in der ‹Weihnachtspost› nicht gelesen, dass unser Betrieb umstrukturiert werden soll? Diese Frau kommt von McKinsey und hat von CEO Nikolai den Auftrag, das HLZ zu modernisieren.» Die ‹Weihnachtspost› war die Mitarbeiterzeitung des HLZ. Rolf und Stefan waren keine eifrigen Leser.

Den ganzen Morgen war Rolf nicht bei der Sache. Wer war diese Frau nur? Und wie wollte sie das HLZ umstrukturieren? Die Antwort liess nicht lange auf sich warten. Schon kam die blonde Frau in sein Büro. «Bist du Rolf, der Weihnachtsmann?», fragte sie ohne Gruss. Rolf nickte. «Ich bin Lea und hätte ein paar Fragen an dich.» «Hallo, Lea», sagte Rolf und lächelte verlegen. «Wie viele Kunden besuchst du im Schnitt?» Rolf überlegte laut: «Ja äh, also, da wären die Müllers an der Rychenberg-

162

strasse, dann der Herr Rufer. Das ist ein alter Mann, der früher...» «Schon gut», unterbrach ihn Lea. «Ich brauche keine Details, nur die Zahlen.» «Ach so», meinte Rolf und grinste verlegen. «Die habe ich nicht.» «Ja gibt es denn hier kein CRM?», fragte Lea fassungslos. «Kein was?» Rolf verstand nicht. «Ein Customer Relation Management ... eine Kundendatenbank», schob sie irritiert nach. Rolf schüttelte den Kopf. Lea verdrehte ihre schönen blauen Augen und sagte in schneidigem Ton: «Bis am Freitag stellst du mir eine Liste deiner Kunden zusammen!» Dann machte sie auf dem Absatz kehrt. Rolf schaute ihr verdutzt hinterher.

Zwei Wochen später wurden alle Mitarbeitenden in den Konferenzsaal «Myrrhe» gerufen. Es gebe wichtige Informationen zur Reorganisation. Lea präsentierte die Zahlen des himmlischen Logistikzentrums: Bilder mit Zeitachsen und Kuchendiagrammen leuchteten auf. Rolf hörte aufmerksam zu, verstand jedoch nur wenig von dem, was Lea sagte. «Wie ihr seht, hat das HLZ grosses Potenzial», sagte Lea, und nun erschien ein Bild, auf dem eine glückliche Familie ganz viele Geschenke von einem Weihnachtsmann entgegennahm:

«Wir werden die Produktion um 500 Prozent steigern.» Dann ein Bild mit neu eingekleideten Weihnachtsmännern, Nikolausen und Christkindern. «Die Kostüme werden neu und aus pflegeleichten Stoffen produziert», fuhr Lea fort. Rolf war beeindruckt. Ihm gefiel vor allem der Gedanke, den Menschen mehr als nur ein Geschenk zu bringen. Sie freuten sich stets riesig darüber, besonders die Kinder. «Vielen Dank für Ihre Aufmerksamkeit» stand nun vorne an der Wand. «Habt ihr noch Fragen?» Lea schaute aufmerksam ins Publikum. Sofort sprang CEO Nikolai in der vordersten Reihe von seinem Stuhl auf und lobte ihre Arbeit. Er sei überzeugt, dass das HLZ durch diese Reorganisation zu einem modernen Unternehmen werde. Man müsse schliesslich mit der Zeit gehen.

Zuerst wurde die Weihnachtliche Manufaktur umstrukturiert. Die alten Werkbänke verschwanden und an ihre Stelle traten riesige Maschinen, Roboter und Fliessbänder. Das Nähatelier wurde auf eine Handvoll Arbeitsplätze reduziert, da viele Arbeitsschritte neu maschinell ausgeführt wurden. Die Handwerker machten nur noch wenig von Hand. Vor allem prüften sie die fertigen Spielsachen auf Mängel. Die Menge der auf diese Weise produzierten Geschenke war beeindruckend: Legos, Playmobilschlösser, Teddybären, Puppen und Bobby Cars plumpsten im Sekundentakt in Rollwagen, die auf Schienen in die Verpackungsabteilung rollten.

Auch im Aussendienst gab es Veränderungen. Die Touren der Weihnachtsmänner wurden von den Mitarbeitenden des Innendienstes mit GPS optimiert. Die Zeit, die Rolf dadurch einsparte, setzte er für die Auswertungen seiner Besuche ein. Nach jedem Besuch füllten sowohl er als auch seine Kunden einen Bogen mit 10 Fragen aus. Das sei wichtig für die Qualitätskontrolle und die Kundenbindung, betonte Lea. Rolf war fasziniert von dieser Frau und ihren Ideen. Er hing an ihren Lippen, lernte schnell und wurde bald zu ihrem engsten Mitarbeiter.

Derweil sahen sich Rolf und Stefan nur noch in den Mittagspausen und auch dann immer seltener. Die Kaffeepause war gestrichen worden, da es zu teuer war, die Maschinen für so kurze Zeit herunter- und wieder hochzufahren. Stefans Aufgabe beschränkte

sich neu auf die Kontrolle der Schaukelpferd-
kufen, die im Sekundentakt auf dem Fliess-
band an ihm vorbei zogen. Und Rolf verbrachte seine Mittagspausen oft bei Business-
Lunches mit Lea und CEO Nikolai oder er er-
ledigte mit seinem neuen Geschäfts-
Smartphone noch dringende Telefonate.

Als Rolf und Stefan endlich mal wieder bei-
sammen sassen, wollte Rolf wissen, wie es ei-
gentlich Luisa gehe. Stefan hielt inne beim
Kauen: «Jetzt sag bloss nicht, du hast das nicht
mitgekriegt!» «Was nicht mitgekriegt?», fragte
Rolf und schaute gleichzeitig auf seine Uhr.
«Weg ist sie, die Luisa!», fauchte Stefan.
«Wieso denn das?» Rolf schob sich eine Gabel
Kartoffelbrei in den Mund. «Weil sie dein
McKinsey-Engel wegrationalisiert hat!», sagte
Stefan in giftigem Ton. «Sie ist nicht mein
McKinsey-Engel!», protestierte Rolf schwach.
Sein Smartphone piepte. «Entschuldige, das ist
von Lea», sagte er und las die SMS, die eben
reingekommen war. «Ich muss gleich los.»
Nun fuhr Stefan erst recht aus der Haut:
«Schau dich doch an», höhnte er. «Du bist eine
fertige Witzfigur geworden. Siehst du denn
nicht, was hier vorgeht? Nicht nur das HLZ

geht mit deiner tatkräftigen Unterstützung vor die Hunde, auch deine Freunde sind dir völlig egal. Du merkst nicht mal, dass Luisa weg ist. Und wann haben wir das letzte Mal zusammen im ‹Heiligen Bimbam› ein Bier getrunken? Du bist ein fertiger Arsch geworden und dieser McKinsey-Braut richtiggehend hörig!» Schweigend legte Rolf sein Besteck nieder, schob seinen Stuhl zurück und stand auf. Er wollte sich nicht mit Stefan streiten. Was war in letzter Zeit bloss in seinen Freund gefahren? Er wurde immer griesgrämiger und beklagte sich ständig über die Arbeit und das HLZ. Aber Rolf hatte jetzt keine Zeit zum Nachdenken. Lea wartete auf ihn. Und so liess er seinen besten Freund wortlos sitzen und ging.

«Wie viel Zeit verbringst du bei deinen Kunden?» Inzwischen war Lea zur regelmässigen Besucherin in Rolfs Büro geworden. «Das ist ganz unterschiedlich. Bei den Krügers an der Bürglistrasse zum Beispiel können es schon mal zwei Stunden sein...», erklärte Rolf. «Was, zwei Stunden?» Lea schaute ihn an, als wäre er übergeschnappt. «Das ist Ressourcenverschwendung!» Rolf verstand nicht. Warum sollte es Verschwendung sein, wenn er sich für seine Hauptaufgabe, nämlich Liebe und Freude auf die Erde zu bringen, genügend Zeit nahm? «Aber, dazu bin ich doch da...», verteidigte er sich. «Du bist ein Mitarbeiter des HLZ. Ein solches Verhalten ist verantwortungslos», sagte Lea hart. Wie konnte Lea so etwas sagen? Wie kam sie dazu, seine Arbeit zu kritisieren? Plötzlich sah Rolf die hässlichen industriell bemalten Schaukelpferde vor sich, seinen resignierten Freund Stefan, die lustige Luisa, die ihren Arbeitsplatz verloren hatte. Und jetzt wollte Lea auch ihm, Rolf, die Freude an seiner Arbeit nehmen. Eine unbändige Wut packte ihn: «Du schneist hier in den Himmel rein und meinst, du könntest alles auf den Kopf stellen!» Rolfs Kopf war hochrot angelaufen: «Du machst uns alle unglücklich!» brüllte er. Lea wurde bleich und stand auf. «Ich muss ins nächste Meeting. Wir sprechen uns wieder, wenn du dich beruhigt hast», presste sie hervor und ging.

Wutentbrannt verliess auch Rolf sein Büro. Er musste mit seinem Freund sprechen - sofort. Stefan hatte recht, im HLZ ging es nicht mehr mit richtigen Dingen zu. Rolf war blind gewesen. Doch auf dem Weg zur weihnachtlichen Manufaktur hörte er ein Schluchzen. Es kam aus der Damentoilette und klang so herzerweichend, dass Rolf vor der Türe stehen blieb. Endlich öffnete sich diese und heraus kam Lea mit rot verweinten Augen. Rolfs Herz zog sich zusammen. Ausgerechnet Lea! Hatte sie sich seinen Wutausbruch etwa so zu Herzen genommen? Als sie Rolf erblickte, wendete sich Lea abrupt ab: «Lass mich allein!» Rolf folgte ihr: «Was hast du denn?» Lea schniefte nur. Rolf reichte ihr ein Taschentuch. «Hier, nimm. Lea, es tut mir leid, dass ich vorhin so wütend geworden bin...», begann er. «Ach das, das ist es nicht.» Rolf fiel ein Stein vom Herzen. «Aber was ist denn dann passiert?» «Mein Bruder heiratet», brachte Lea zwischen zwei Schluchzern hervor, «soeben hat er mir eine SMS geschickt». «Aber, das ist doch wunderbar!» Rolf verstand nicht. Lea begann wieder zu schluchzen. Rolf führte sie zu einer Sitzbank am Rande des Korridors. «Ja, das ist ganz wunderbar», stiess Lea mit bitterem Ton hervor. «Aber warum muss er das ausgerechnet jetzt tun? Für einmal im Leben stehe ich im Rampenlicht. Und jetzt schaut wieder alles auf meinen Bruder.» Rolf schaute Lea immer noch ratlos an. «Verstehst du denn nicht?», sagte

Lea. «Immer kommt mein Bruder an erster Stelle. Ich war Schulsprecherin am Gymnasium und die Hochschule St. Gallen habe ich mit Summa cum Laude abgeschlossen. All das interessierte niemanden. Aber wenn mein Bruder seine mollige Freundin mit nach Hause bringt, die in einem Kleinbetrieb Briefe tippt, dann sind die beiden der Nabel der Welt. Ich bin ein Nichts!» «Du bist kein Nichts!», protestierte Rolf. «Du bist die schönste Frau im HLZ und du bist klug.» Lea schaute ihn ungläubig an. Sie schniefte und schaute auf das zerknüllte Taschentuch in ihren Händen. «Aber du hältst nicht gerade viel von meiner Arbeit, stimmt's?» «Ich finde, du hast viele gute Ideen, du hast klare Ziele und setzt diese auch um. Aber das HLZ ist kein irdisches Unternehmen in der freien Marktwirtschaft, sondern ein himmlischer Monopolbetrieb mit der Vision einer glücklichen Menschheit», sagte Rolf. Lea schaute ihn forschend an, und zum ersten Mal konnte Rolf in ihren Augen so etwas wie Respekt erkennen: «Aber das will ich doch auch!», konterte sie. Ich will, dass die Menschen glücklich sind. Darum sollen sie mehr Geschenke und einen besseren Service des HLZ erhalten.» «Ja schon», sagte Rolf, «aber wie wollen wir andere Menschen glücklich machen, wenn wir selbst nicht glücklich sind?» Lea schluckte und zum ersten Mal blieb sie Rolf eine Antwort schuldig.

Noch am gleichen Abend versöhnten sich Rolf und Stefan bei einem Bier im «Heiligen Bimbam». Und schon vom nächsten Tag an war auch bei Lea eine Veränderung zu spüren. Sie nahm sich mehr Zeit bei ihren Besprechungen mit den Mitarbeitenden, fragte auch mal nach und gestand einen Fehler ein. Stefan konnte Lea sogar davon überzeugen, dass die Schaukelpferde wieder von ausgebildeten Handwerkern bemalt werden sollten. Nach und nach tauchten in der Holzwerkstatt wieder Hobelbänke auf und eines Tages kehrte auch Luisa ins Nähatelier zurück. Dafür nahm Lea in Kauf, dass pro Kunde nur zwei bis drei statt mindestens fünf Geschenke produziert und verteilt wurden. Und das war gut so: Vielen Menschen war das billige Spielzeug nämlich bereits wieder verleidet und sie freuten sich über handgefertigte Sachen.

Rolf war glücklich über diese Veränderungen im HLZ. Am meisten aber freute ihn Leas Verwandlung. Hinter der Fassade der knallharten Business-Frau versteckte sich ein warmherziger und humorvoller Mensch. Seit ihrem Gespräch auf dem Korridor vor den Damentoiletten vertraute ihm Lea auch persönliche Dinge an und sie legte Wert auf seine Meinung in geschäftlichen Belangen. So entwickelte sich eine tiefe Freundschaft zwischen den beiden. Einmal erzählte Lea Rolf, wie sie sich bei ihrem Bruder gemeldet und sich über zwei Stunden mit ihm am Telefon unterhalten habe. Ihr Bruder wollte sie unbedingt an seiner Hochzeit dabei haben. Er hatte sie sogar gefragt, ob sie seine Trauzeugin werden wolle. Aber Leas Bruder war auch an ihrer Arbeit im HLZ interessiert und gestand ihr, wie sehr er sie für dafür bewundere. «Siehst du», sagte Rolf. «Du bist kein Nichts.» Er nahm Leas Hand und schaute ihr tief in die Augen. Lea errötete und fragte leise: «Würdest du mich zur Hochzeit meines Bruders begleiten? Ich möchte dich gerne meiner Familie vorstellen.» Rolf nahm all seinen Mut zusammen. Er beugte sich vor und statt einer Antwort küsste er Lea auf den Mund.

24

Kleine Weltreise

Wenn wir Weihnachten feiern und es uns im dunklen, meist kalten Winter bei Kerzenlicht, Musik und gutem Essen mit unserer Familie gemütlich machen, haben nur Weitgereiste eine Vorstellung davon, wie es zur selben Zeit andernorts auf der Welt zugeht. Was für uns eines der wichtigsten Feste im Jahreslauf ist, hat woanders einen anderen oder gar keinen Stellenwert.

Die folgende Reise durch 25 Zeitzonen unserer Erde soll uns eine kleine Vorstellung davon geben, was zeitgleich in Nord und Süd, West und Ost, bei Tag und Nacht, in Sommer und Winter geschieht.

24. Dezember, 17:01 Uhr GMT. Die Sonne brennt auf das Städtchen Nara. Heißer Wüstenwind weht über den Norden Malis. Die Frauen kehren müde zurück in den Schatten ihrer Häuser. Hart war die Arbeit in den Gemüsegärten, die vor vielen Jahren im Rahmen eines deutschen Förderprogramms entstanden

sind. Nun schnell nach Hause. Ein Tag wie jeder andere in dieser Welt aus Brauntönen.

GMT +1 (18:01 Uhr). Bimbam – bimbam. Das Glockengeläut der Mariakirke erfüllt die Innenstadt. Die Lichter der alten Bergenser Hansehäuser spiegeln sich im Wasser. Weiße, rote, gelbe Streifen färben die Wellen. Kaum jemand ist auf der Straße, dafür sind viele Fenster in den Häusern am Hang hell erleuchtet. In einigen strahlt ein Weihnachtsbaum. Der Wind vom Meer hat aufgefrischt. Und auf einmal fallen Schneeflocken aus dem dunklen norwegischen Weihnachtshimmel.

GMT +2 (19:01 Uhr). Das Dar As-Saraya Museum in Irbid, Jordanien, hat längst geschlossen. Ein kleiner Skorpion sitzt im Innenhof auf einer Holzbank, weiß nicht, wie er hierhergekommen ist, und wartet auf Opfer. Er hat gerade nichts Besseres zu tun und übt sich in Geduld. Da krabbelt eine kleine Spinne über das leicht verwitterte Holz direkt auf ihn zu. Was für ein Festessen!

GMT +3 (20:01 Uhr). Der Königspinguin zweite Reihe Mitte dreht im Schlaf seinen Kopf leicht nach rechts. Was natürlich nicht zu sehen ist in dieser absoluten Dunkelheit. Es regnet, es stürmt und es ist kalt auf Prince Edward Island, Südafrika, diesem Eiland auf halbem Weg zwischen Afrika und der Antarktis.

GMT +4 (21:01 Uhr). Samara Nightlife. Allmählich wird es ganz schön voll im angesagten Club an der Wolga. Die Luft ist zum Schneiden, aber keinen stört es. Technobeats überlagern den eigenen Herzschlag, der Barkeeper öffnet die 8. Flasche Wodka an diesem Abend und füllt den Stimmungsmacher im Rhythmus der Musik in die Gläser. Trinken bis zum Umfallen und tanzen, tanzen, tanzen – ein guter Plan für diesen russischen Winterabend.

GMT +5 (22:01 Uhr). Eine leichte Brise vom Meer, das längst im Dunkeln liegt, weht herüber in das offene Restaurant des Resorts Sunshine Inn auf Gan, Malediven. Besteckgeklapper, Gläser klirren, ein Plastikweihnachtsbaum in der Mitte des Raumes blinkt unermüdlich vor sich hin. Lauschige 26°C – Weihnachten mal ganz anders, denken die Urlauber, prosten sich zu und kosten exotische Früchte.

GMT +6 (23:01 Uhr). Diego Garcia, British Indian Ocean Territory. Alles ist ruhig, aber unter strenger Beobachtung auf diesem US-Militärstützpunkt. Die früheren Einwohner wurden Mitte der 1960er Jahre zwangsumgesiedelt, als Großbritannien die Insel an die USA verpachtete. Seitdem kämpfen die Chagossianer für ihre Rückkehr. Bislang ohne Erfolg. Verfallen und leer stehen ihre Hütten in der tropischen Nacht.

25. Dezember GMT +7 (0:01 Uhr). Die Lichter wirken freundlich, wie sie da auf den Wellen tanzen. Acht Menschen haben sie eben auf die Reise geschickt. 14 kleine Kerzenschiffchen für ihre Lieben, die 2004 durch den Tsunami starben. Am Vormittag des 26. wird hier auf Phuket eine offizielle Gedenkfeier stattfinden. Doch diese Feier jetzt ist nur für sie allein.

GMT +8 (1:01 Uhr). 5 Grad plus zeigt die Anzeige am Einkaufszentrum in der Nähe der Qingdao Music Hall. Bunte Lichterketten und Plastikchristbäume leuchten die ganze Nacht hindurch, sehr zur Freude der Nachtschwärmer, die gerade aus der nahen Karaoke Bar kommen. Weihnachten zu feiern, das ist in China in. Das Fest hat einen religiösen Hintergrund? Egal. Geschenke und Party, das ist eine gute Kombination im Winter. Aber das denken sich ja nicht nur die Chinesen...

GMT +8 ½ (1:31 Uhr). Satellitenfotos von Nordkorea bei Nacht erinnern an den Spruch: Wie Sie sehen, sehen Sie nichts! Unterhalb liegt hell erleuchtet Südkorea, darüber eindeutig wieder bewohntes chinesisches Festland, dazwischen nur ein paar Lichtpunkte hie und da. So als habe Nordkorea nach Einbruch der Dunkelheit einem Inselstaat im Gelben Meer Platz gemacht. Ein Land in Armut. Aber seit 2015 mit eigener Uhrzeit, um sich von Südkorea und Japan zu distanzieren.

GMT +10 (3:01 Uhr). Dadadadam – dadadadam. Der Nachtzug von Brisbane nach

Sydney rattert durch die australische Nacht. Wenn er in vier Stunden sein Ziel erreicht, werden die Fahrgäste noch halb verschlafen den auf dem Bahnsteig Wartenden in die Arme fallen. Es ist Weihnachtstag, und sie können diesen Tag zusammen feiern. Ab und zu wirft der Zug das Lichtviereck eines erleuchteten Fensters in die Dunkelheit – nicht jeder kann schlafen in dieser Nacht.

GMT +11 (4:01 Uhr). Tschokurdach im Winter und bei Nacht macht keinen Spaß. 35 Minusgrade in einer kleinen Siedlung im Nirgendwo Jakutiens lassen einem in Sekunden nicht nur die Nasenhaare, sondern auch die Mimik gefrieren. Die gute Nachricht: Es gibt hier einen Flughafen.

GMT +12 (5:01 Uhr). Was für ein Nachthimmel über Invercargill! Neuseeland hat das Kreuz des Südens nicht nur in seiner Flagge – gerade jetzt leuchtet es da oben in seiner ganzen Schönheit still vor sich hin. Und niemand will das würdigen. Stattdessen schläft die Stadt, um von aufgeregten Kindern geweckt zu werden, wenn in einer knappen Stunde die Sonne aufgeht: Heute ist Weihnachtstag!

Datumsgrenze

24. Dezember GMT -12 (5:01 Uhr). Wenn sie nicht eine Insel wäre, noch dazu eine unbewohnte, wäre Baker Island, USA, sicher sehr stolz darauf, mit seiner Nachbarin, Howland Island, die einzige Landfläche ihrer Zeitzone zu sein. Der dreijährigen Karettschildkröte, die gerade tief und fest in den Gräsern am Strand schläft, ist das gleich.

GMT -11 (6:01 Uhr). Der Alarm ihres Mobiltelefons weckt sie, um sie an ihre Verabredung zu erinnern. Genau jetzt wollen sie aneinander denken, sie hier in Niue, der kleinen Insel mitten im Pazifik, und ihr Freund im fernen Denver. Bei ihm ist es nur drei Stunden später, und doch scheint er so weit weg, in einer völlig anderen, ihr unbekannten Welt. Wie wird er sein, wenn er zurückkommt? Ist ihm hier dann alles zu eng und zu eintönig?

GMT -10 (7:01 Uhr). Die Sonne ist gerade aus dem Pazifik aufgetaucht, als die ersten Jogger schon auf den ruhigen Nebenstraßen in Kailua, Hawaii, ihr Sportprogramm absolvieren. Schließlich wird bald die Hitze einsetzen. Und morgen ein umfangreiches Weihnachtsessen aufgetischt. Tapptapptapp machen die Turnschuhe auf dem Asphalt.

GMT -9 (8:01 Uhr). Erst in knapp 3 Stunden wird hier in Fairbanks die Sonne aufgehen und ihre Strahlen auf die Goldmedaille werfen, die über seinem Bett hängt. Ein Eisbär und sechs Ringe in der Mitte, darüber der Schriftzug «World Eskimo-Indian Olympics», darunter «Fairbanks, Alaska» – das goldene Rund ist sein ganzer Stolz. 23 Sekunden hat er vier Männer durch die Halle tragen können, bis ihn die Kräfte verließen. Er ist ein Meister in der Disziplin «Four man carry». Das macht ihm so schnell keiner nach.

GMT -8 (9:01 Uhr). Reverent David Ferguson sitzt in der 3. Bankreihe in St. Andrew's Wesley Church und kann, wie so oft, seinen Blick nicht von den bunten Kirchenfenstern lassen. Das Sonnenlicht wirft braune, grüne, blaue und orangefarbene Flecken auf Fensterrahmen und Steinboden. Der Organist hat gerade mit seiner Probe für den abendlichen Gottesdienst begonnen und spielt nun «O come all ye faithful». Feierliche Stimmung erfüllt den Reverent und die Kirche, während draußen der Verkehr von Vancouver unablässig rauscht.

GMT -7 (10:01 Uhr). Sein Wecker am Mobiltelefon klingelt. Gerade hat er die Einfahrt zum Haus seiner Gasteltern vom Schnee befreit, der über Nacht gefallen ist. Sie wollen gleich noch einmal Weihnachtseinkäufe für morgen machen. Aber dieser Moment gehört seiner Freundin. Jetzt denkt er allein an sie auf Niue. Dort leben nur 1400 Menschen und es ist Sommer. Dieses totale Kontrastprogramm, addiert mit der Entfernung, lässt ihn sich einsam fühlen in diesem Moment in Denver. Dann ruft ihn seine Gastmutter.

GMT -6 (11:01 Uhr). Da stehen sie und kämpfen miteinander, die beiden Galapagos-Riesenschildkröten auf den gleichnamigen

Inseln. Herren im gesetzten Alter von 104 und 132 Jahren sollten eigentlich altersweise sein, aber wenn der eine dem anderen seit Stunden dumm im Weg herumsteht, hat die Geduld doch mal ein Ende. Also recken sie die Hälse so erstaunlich weit, als seien sie Galapagos-Giraffen. Wer seinen Kopf am höchsten her-ausstrecken kann, hat den Kampf gewonnen. Das Ergebnis steht noch aus.

GMT -5 (12:01 Uhr). Sie sitzt im alten Oh-rensessel mit dem verblichenen Rosenmuster und sieht hinaus auf die Wiese und den Sankt-Lorenz-Golf-Strom. Der Anblick des Wassers tut gut. Nach einiger Zeit wendet sie sich dem Buch zu, das sie in Händen hält, und schlägt es auf: «Anne auf Green Gables». Es spielt hier auf Prince Edward Island, ihrer Heimat, und sie liebt es seit ihrer Kindheit, die so viele Jahrzehnte zurückliegt. Aber in der Weih-nachtszeit, wenn sie dieses Buch hervorholt und einfach irgendwo zu lesen beginnt, wird sie wieder jung.

GMT -4 (13:01 Uhr). Kalbsbrust, Schweine-rippe und Huhn, Weißwein und Bier, Zwiebeln, Möhren, Rüben, Bohnen, Maiskolben, Kartoffeln und Gewürze – der Küchentisch liegt voller Zutaten für die Picana de Navidad. Die Großmutter des gelben Hauses in der Calle Siete wischt sich mit einem Tuch den Schweiß von der Stirn, nimmt einen Schluck Wasser und greift zum Messer. Heute nach der Mitternachtsmesse wird der Eintopf auf dem Tisch stehen, das ist Weihnachtstradition. Hier in Trinidad wie im restlichen Bolivien. Also an die Arbeit!

GMT -3 (14:01 Uhr). Natal am nordöstlichsten Zipfel Brasiliens nimmt seine Aufgabe als Stadt der Weihnacht ernst: Über die Schnellstraße spannt sich der Stern von Bethlehem, sein Schweif aus Stahlbeton, seine Zacken eher überdimensionierte Büroklammerkunst. Neben ihnen haben sich die Drei Weisen in Weiß postiert. Anhalten? Foto? Schließlich ist Heiligabend. Nein, schnell weiterfahren zum Strand. Bei 32°C im Schatten muss man Prioritäten setzen.

GMT -2 (15:01 Uhr). Der Elaenia ridleyana wirkt wie der Rentner unter den tropischen

Vögeln: Er kleidet sich überwiegend in gedeckte Farben, in Oliv, Grau und Schwarz. Was ihn so besonders macht, ist, dass es ihn nur hier gibt: auf der Inselgruppe Fernando de Noronha, die zu Brasilien gehört. Gerade hat es geregnet. Er schüttelt sein Gefieder, sieht sich hektisch um – und fliegt davon.

GMT -1 (16:01 Uhr). Der Name ist Programm. Denn «Nanortalik» heißt übersetzt «der Ort mit Eisbären». Davon hat es diese Woche zwei Stück in der Nähe des Städtchens gegeben. Ein guter Grund, vor Einbruch der Dunkelheit zu Hause zu sein. Heute sind es alle besonders gern, schließlich ist Heiligabend. In den Fenstern leuchten die Herrnhuter Sterne, die auch in Grönland sehr beliebt sind. Juullimi Pilluarit – fröhliche Weihnachten!

The End

Lightning Source UK Ltd.
Milton Keynes UK
UKHW020105261122
412877UK00006B/161

9 783734 552557